# 闲来与君话缤纷

刘公樑 著

三辰影库音像电子出版社
北 京

**图书在版编目（CIP）数据**

闲来与君话缤纷 / 刘公檪著. — 北京：三辰影库音像电子出版社, 2021.11

ISBN 978-7-83000-518-4

Ⅰ. ①闲… Ⅱ. ①刘… Ⅲ. ①随笔－作品集－中国－当代 Ⅳ. ①I267.1

中国版本图书馆CIP数据核字（2021）第062703号

闲来与君话缤纷

**责任编辑：** 和玉庭
**责任校对：** 韩丽红
**出版发行：** 三辰影库音像电子出版社
**社址邮编：** 北京市朝阳区东四环中路78号11A03，100124
**联系电话：**（010）59624758
**印　　刷：** 凯德印刷（天津）有限公司
**开　　本：** 145mm × 210mm　1/32
**字　　数：** 115千字
**印　　张：** 7.25
**版　　次：** 2022年1月第1版
**印　　次：** 2022年1月第1次印刷
**定　　价：** 48.00元
**书　　号：** ISBN 978-7-83000-518-4

# 序

生活多姿多彩。

多姿多彩的生活中，随时会发生值得我们思索的现象。

我们经常洗澡。这看去很平常的事情，在清洁身体的同时，能不能让它发挥对身体健康有好处的作用呢？看来，洗澡，也就是“浴”，这件事儿可以说道说道。我们生存的这个世界色彩很丰富，白是最基本的颜色。这个“白”，有没有蕴含什么有意思的内容呢？好像也可以说道说道。我们每个人每天都要吃饭、进食。一个“食”字，也有很多可以说说的事儿。

一位朋友突然病了，有人觉得他“病来如山倒”。“病来如山倒”是怎么回事儿，是不是可以探讨一下，“闲话”它几句呢？

还有，古代一位叫公孙龙的先生，提出“白马非马”的高论。这“高论”的确很迷惑人，它的要害在哪里呢？

我们身边这些普通生活小事，有些是早已存在的，有些随时发生，不易引起关注。不过，小事情中往往蕴有大内涵，促使我们有所思考。这种思考，大部分情况下是不经意的随想。这些随想说一说，闲话几句，可加深我们对事情中蕴含生活哲理的认识。

鲁迅的《一件小事》中说道：他为生计，冬天一大早坐黄包车赶路，路上车夫车把挂倒了一个老妇女。鲁迅让车夫不用管，车夫却询问那妇女伤了没有，妇女是受伤了。车夫把妇女送去巡警分驻所。此事开始，鲁迅认为是小事一桩：车夫早已让开道，而且减了车速，是老妇女的背心没扣住，车把挂了一下，她慢慢倒下的。

但车夫没听鲁迅的话，依然搀扶起老妇人，慢慢朝前面巡警分驻所走去。

鲁迅这时突然有一种异样的感觉，觉得车夫满身灰尘的后影“刹时高大了，而且愈走愈大，须仰视才见。而且他对于我，渐渐的又几乎变成一种威压，甚而至于要榨出皮袍下面藏着的‘小’来”。

这是一则在虚伪的时代，车夫撞到一位老人后，在没有其他人看见，而且冒着被人讹诈的情况下还去帮助老人的故事。

鲁迅说，多年以后，很多大事，“几年的文治武力，在我早如幼小时候所读过的‘子曰诗云’一般，背不上半句了。独有这一件小事，却总是浮在我眼前，有时反更分明，教我惭愧，催我自新，并增长我的勇气和希望。”

可见，身边小事，往往不可忽视。鲁迅由此产生的随想，使他进一步明白了好多道理。

这，当然也对读者有一定的启发作用。

时代进入二十一世纪，我们身边随时发生的各种小事，乍看不含什么大道理，思考一下，多会有心得：有人红灯亮时强行过马路，有些大（男）人随地大小便，有人随处乱停车，有人公共场所高声喧哗，有人购物、办事排队时插队，等等。

前不久一则报道说，“大妈们吃垮邮轮”，令人哭笑不得。

邮轮被吃“垮”的过程中，多人争食物“抢相”丑陋。从行为人角度看，仿佛都不是大事。但足够数量的人哄抢起来，那场面造成的影响太恶劣了。

还有公交车上为座位争吵，甚至致死人命。

我们身边事儿，绝大多数很小，举不胜举，但常常反映出一些公民素质的欠缺，也就是“三观”出了问题，人生底线不保。

对这些降低公民素质的小行为多做些思考，认识其中蕴含的道理，对我们自己是很好的警醒。

世界大得很，每天发生各种各样大小事情。离我们近的，当然可以及时观察、反省；有些离我们远，影响往往不小，同样值得认真思考。

世界又很小，现在经常说“地球村”。几十亿人住到这样一个“村”里，人们相互交往、影响成了普遍现象。各地每天发生的事情大家马上都知道：北极南极冰盖的融化对地球村有多大影响？塑料污染对每个人产生多大危害？地球温度升高的灾难谁能逃得脱？

热核战争的阴影仍未消散……

身边事，有大有小，大多值得思考。

笔者几年来就近远所见和所闻之大小事件有所记录，有所随想，写了几篇随笔，谈了一些个人认识。今天结成这本小册子呈现给读者朋友。

受认识及文字水平所限，其中误识谬说在所难免。希望其合理见解朋友们可有所借鉴；其不妥及错谬，还请大家批评指正。

2020 年 7 月 31 日

# 目录

# 1

# 说『浴』

"浴"，平常是说洗澡。不过，这里既然用看上去有点儿文雅的词儿"浴"作标题，就与一般意义上只为清洁身体进行的洗澡有些区别，意在"浴"不仅仅是为清洁身体，更有增强体质、祛疾却病、益寿延年的目的。

"浴"，有很多种类。

笔者寡闻，仅大约知道有桑拿浴、芬兰浴、土耳其浴、蒸气浴、温泉浴（山东省内有多处，如：海洋温泉、天沐温泉、香根温泉、金麒玉麟温泉等）、泥浆浴、海水浴、空气浴、冷水浴、小鱼浴，更有鲜花浴、酒香浴、牛奶浴、保健药浴……真是数不胜数。至于更多浴法，无须再予详列，统而言之，已可大致归如上类。

其实，"浴"的种类虽然繁多，其目的不外两个：

清洁身体和强健体魄。

像以上所列各项，许多名称不过是一种噱头，为了招徕客人，挣钱。有些还具有强健体魄的作用。

这些洗浴方法，各有特点，别的不说，仅温度上就各有千秋：有的热得不得了，像桑拿浴、蒸气浴等；有的是常温，如泥浆浴、小鱼浴。当然，一般人参与的普通洗浴，都是可以承受的常温。有的水温很低，如冷水浴。就说冷水浴吧，有的人是用冷水毛巾周身擦洗，让皮肤从接触冷毛巾的冷开始，逐渐发热，达到强身的目的。有人觉得如此还不过瘾，要用冷水淋浴才行。夏天，冷水淋浴没有什么困难，冬天的冷水淋浴，是要克服一些困难的：太冷了！但总是有人敢于长年坚持这种有益活动，并由此得到了乐趣，得到了锻炼，强健了体质。

冷水浴进一步发展，就演变成冬泳。

冬泳是冬天在室外进行的，在零下几度、十几度低气温，且时有冷风袭来的大自然环境中的 4 摄氏度（表面结了冰的水一般是 4 摄氏度，水温高于 4 摄氏度的情况也有）水里游泳，一般人难以参与。在现实生活或影、视媒体中，我们都常常见到在江、河、湖、海中冬泳的健儿们，辟冰斩雪，遨波游浪，意得神闲，好不令人羡慕也！此情此景，与他们身边身着厚厚冬装仍然冻得不得了的平常人相比，不能不让人极度感慨：人与人的差别咋就那么大呢！

我曾就有关冬泳的优、缺点问题征询过一位曾从事冬泳活动的朋友的看法。他说，冬泳可以锻炼意志，但是很难锻炼身体。这话很有道理，笔者对此亦有同感。换句宽泛些的话，应当说冬泳这项运动对参与人群的要求更严格，要取得明显成效很难。

的确如此。

冬泳是一项比较严酷的运动。从事该项活动的人，除了身体非常健康，决不能“三高”（高血糖、高血脂、高血压）、有心脏病等，更要有坚强的意志。特别是当辅助条件（更衣室、冲淋）缺乏时，会产生不良后果。例如，无处更衣，从冰冷的水中出来换不上衣裳，嗖嗖的西北风朝着湿淋淋的身子吹上一小会儿，身上是会结冰、冻出毛病来的。通过冬泳达到锻炼身体的目的，不容易。

建议一般人不要盲目参与冬泳。

温度，是参与各种“浴”的重要条件。太冷了不行，绝大多数人受不了；太热了也不行，绝大多数人也受不了。

大多数人都是在适合自己的温度范围内“随心所‘浴’”。

凡是可以“随心所‘浴’”的洗浴项目，基本都是为了清洁身体。

举凡可以强健体魄的“浴种”，桑拿、芬兰、温泉、泥浆、小鱼各浴等，或地域性太强，或费用很高，经常参与者，只能是非常局部性范围的居民。更广范围的人们想找到例如泥浆浴、小鱼浴的感觉，只能在特色旅游时才能体会，若想通过这些“特色洗浴”达到健身目的，那是非常困难的，起码在经济上也是很大的负担。

像泥浆浴，资料介绍，也叫热矿泥浴，是用矿泥类物质以其本身固有温度或加热后敷在人体某些部位上，将热传至肌体，与泥浆中化学成分、微生物等共同作用而达到健身防病的效果。泡久了体力消耗大，时间过长会造成身体虚脱，甚至昏迷，因此大概 20 分钟后就要起身出浴，用温泉水冲净身上的泥巴，泥浆浴的体验之旅就算完成了。

又如小鱼浴。资料介绍，这是一种土耳其的洗浴方式。池中养着几千条据说是从国外进口的四五厘米长的小鱼，人泡在池中的时候，小鱼立刻会拥上来亲啄人的肌肤，感觉特别痒，又特别兴奋。这种鱼分泌的唾液据说有杀菌的作用，还能去除破损的角质层，小鱼吃掉人脚上的死皮，起到皮肤表层按摩的作用，促进血液循环。

很显然，这些非常有特色的“浴种”，既需要他人尽力协助，又有很多限制条件，一般人难以经常参与，也就起不到持续、有效的健身作用。

那么，普通人有没有既可经常参与，又能清洁身体，还可以强健体魄的“浴”类活动呢？

回答是肯定的。

下面，我来向大家介绍一种既方便参与又容易取得效果的“浴种”：冷热交替浴。

冷热交替浴，行家将其称之为“血管体操”。

从这个称谓就可以看到，这种洗浴方法对人体血管具有很好的锻炼作用，能够促进人体血液循环，减轻心脏的负担，收到强健体魄的效果。

从这个称谓还可以看到，其方法在于洗浴的过程中，是需要用冷、热水交替冲浴的。

最重要的是，这种洗浴方法，所需条件不复杂，一般人都可以参与，坚持下去也不困难，并且一定能收到很好的锻炼健身效果。

当前，一般家庭居室内，都有独立的卫生间，安装有热水淋浴设备，这就足可以进行冷热交替浴了。

这种淋浴方法，很简单，不外用冷、热水交替着冲淋身体。每人可以根据自身条件，先冷（或热）后热（或冷），反复两三次即可（次数太多没有更大意义）。

冲淋时，需要格外注意头部，如果缺少必要的准备，不可莽撞地用冷水直接猛冲头顶。应该待周身冷热交替浴做过一点简单冲淋，自觉适应得差不多了以后，可以考虑逐渐用冷水从头部开始依次向周身冲淋。其实，冷热交替浴比较困难的关键，也就是刚开始冷水一冲的瞬间，咬咬牙稍作坚持即无问题。

这种洗浴方法与冬泳的根本区别，在于身体受到冷刺激的深度不同。冬泳时，全身浸泡到水里，少则三两分钟（在海里时间再少则进不到可以游起来的地方），多则十来分钟。这个冷水浸泡时间对人体肌肉、骨骼乃至内脏都会产生影响。出水后，不可能立刻冲温水澡，人体又会受到冷风锻炼。这就对人身体的耐寒性提出很高要求，稍有不慎，很易受伤。

冷热交替浴的冷水冲淋，即使达到十几分钟也没有什么问题（一般情况下不必达到这样时长，锻炼效果已经足够了）。因为喷头是对身体一部分一部分地进行冲洗，冷水的影响，只会依次限制在肌体表层，血管受到的刺激最直接，骨骼、内脏受到的影响不大。当冷水冲淋周身之后，很快又接上温水冲淋，一方面，皮肤、血管得到了很好的收缩、扩张锻炼，另一方面，此前流失的热量也得到补充。所以，这种方法可以把对人身体的损伤减到最小，而把锻炼效果增到最大。

这种方法，可以对身体的重要部位多多“关照”。

例如，上了年纪后，走路、上楼梯、下台阶时，膝关节难免疼痛。这都是由于关节软组织、半月板不同程度受了损伤，器官的新陈代谢迟缓，有关组织的恢复、再生难以保证需要的缘故。在我们作冷热交替浴时，就可以对膝关节分别用冷、热水多淋一些时间，当然，时间的长短要以自己的感受决定。此时，人对冷、热的体会都很清楚，冷热交替浴也就对这部分器官的血液流通产生了促进作用，加快了新陈代谢，坚持下去，必有益处。冬天水温很低，注意不要受伤。淋浴后，我们可以清楚地感受到膝关节血脉的舒张感。像这样的部位，还有脚底、脚心、颈动脉（位于我们颈部的两外侧），男同胞的前列腺部位（体检时，医生做前列腺 B 超检查的位置）等，都可以如此多淋浴些时间。

全身冷热交替浴后，不要忘记再用冷毛巾周身（特别是在重点部位）搓、擦数遍，让全身的皮肤干燥、红热起来。

冷热交替浴这清洁身体和强壮体魄兼而有之的方法，有许多优点，具体如下。

一是便于坚持。由于这是在自己家中的沐浴，不受天气变化影响，每天都可以进行。

二是节省时间。每天去海水浴场冬泳，往返加上准备、下水、上岸冲洗、更衣等，没有两三个小时不容易搞定。

在家里的冷热交替浴，半个小时足矣。

三是效果明显。冷热交替浴冷热水的温差往往会达到三十多度，这样大的温度差，对毛细血管的刺激作用就很可观和有效了。

关于人体血管在保证血液循环畅通和身体健康中的重要性，笔者愿意多谈几句，与诸位朋友交流。

我们知道，人的身体，其实就是一台非常复杂的生物机器。意识、感觉、行为等，这里不研究，我们生命最关键的方面，其实不外乎是需要时时保持正常的循环罢了。

人体是不断处于新陈代谢的循环过程中的。这个循环过程一旦终结，生命就结束了；一旦循环的某个环节出了问题，人肯定会生病。不管人的生命多么复杂，从生物链这个角度来看，其实很简单。这很像地球。地球上也存在着一个很大的生物循环链（非生物不会单独起作用，是在生物的"带动"下才参与循环）。当人类出现前，运行很正常。现在，不大妙，需要人类高度重视了。人体也是如此，如果某人身上某处的循环产生阻隔，那里马上会产生病变。最明显的就是大家都熟知的脑卒中（脑中风）了。

这令所有人深恶痛绝的病魔，不就是由于脑血管被堵塞所致吗？除了细菌、病毒、先天疾病、外伤类的病，细看来，有几种病不是循环出了问题导致的呢？而且，如果我们的身体很健康，细菌、病毒也就不易侵入，发病的现象又会减少很多。血液循环正常与否，直接影响一个人身体状况好坏。

所以，在身体状况允许的条件下，经常做冷热交替浴，是促进血管自身健康、增强其弹性、有效协助心脏进行血液循环的优先举措,值得认真提倡。

我们的心脏非常了不起,有时也非常可怜。

说它了不起,是指在我们生命漫长的三万多天(有人可以达到四万多天)中,它一直在不停地跳动。人的所有器官都有机会休息一会儿,心脏不行,它一休息,由它担负的这个生命就结束了!

说它非常可怜,是指即便我们的血液偏离正常指标,它还是默默无语、不辞辛苦、认真努力地费尽力气为主人服务。想一想吧,当血液中的油脂、糖类、盐类含量超出指标,血液会变得多么黏稠。原先心脏用不了多大力量即可推动血液做一次全身循环,如今,黏稠的血液在僵硬的血管里,动一动都很困难,全身循环一次要费多少力?小小的心脏如何承担得起?真可怜!

所以,我们每个人都要明确这一点,降低“三高”,激活血管,增强其弹性太必要了。

俗语说,“生命在于运动”。从生物的整体来看,这话当然很对。

实际上,具体到我们身体上的每一个“零件”(器官)亦无不如此。经常活动、锻炼的人,健康;经常活动、锻炼的器官,同样比不活动、不锻炼的器官健康。考察我们的肌肉、心、肺,莫不如此。所以,如果我们能够有效地让周身的血管得到锻炼，它们一定不会辜负我们的期望，一定会健康起来，充满活力，充满弹性！当周身的血管同时活跃起来，推动血液运动，那会减少心脏多大负担！冷热交替浴会帮助各位朋友实现这一美好愿望。

四是经济实惠，费用很低。冷热交替浴比起其他“浴种”都省钱，而效果也比较明显。

我们知道，青岛附近各处的温泉，去洗一次就要几百元，长年坚持的话，要多少钱？还有时间，时间耽误不起。所以，温泉浴不是我们一般人可以用来强健体魄的方式。偶尔玩儿一次无可厚非，但对于健身效果来说，那就微乎其微了。其他特色浴种，与此大同小异，走不进我们普通人家庭。

至于缺点，有同志担心冷热交替浴会导致意外。

这个问题怎么看？

报载，最近，青岛部分地区进行了“脑卒中高危人群筛查和干预试点项目”，在筛查的 20087 人当中，筛查出高危者 3016 人！这就是说，每 100 名青岛市民中，有 5 人易发脑卒中！

此次试点的结果清楚地说明了这一点：易得脑卒中病的人，集中在有高血压病史、房颤和心瓣膜病、吸烟、血脂异常或很少进行体育锻炼、肥胖等人群中。

脑卒中极大威胁生命健康，需要我们特别注意。在进行冷热交替浴前，一定要认真检查身体，以确认自己可否参加此项活动。只要身体状况许可，长年坚持冷热交替浴，恰恰可以避免罹患脑卒中，而不是相反。

概率，是我们生活中不可避免的发生率。参加各种活动都有发生危险情况的概率（发生率）。极少人在冷水浴（含冷热交替浴）中发生意外。

由于种种原因在这种洗浴过程中发生了意外，有人往往会不问其他缘由，把过错完全归咎于冷（热）水（交替）浴。这就从又一个方面对参与这项健身活动的朋友提出了严格要求：一定要认真检查自己的身体情况，请医生提出参考意见，最大限度地避免危险和意外发生。

只要我们在积极参加体育锻炼的前提下（积极、经常参加有效体育运动非常必要，是参与冷热交替浴的重要前提条件），有控制地做好冷热交替浴，一定能收到很好的健身效果。

在这个意义上，冷热交替浴当然也是一项很有价值的运动。

每人身体情况千差万别，要根据自己具体情况来选择锻炼方法。

也许我们有千万个理由拒绝冷热交替浴，这没问题。但我还是希望朋友能选择一种适合自己的锻炼方法，经常参加必要的运动使自己的身体健康起来。健康对每个人生命都绝对重要。

生命在于运动。

祝君健康、幸福!

祝君全家健康、幸福!

# 2

# 说『玉』

玉：一种高级的天然石类，其制成品进入人类生活的历史很悠久了。汉民族有了文字以后，涉及玉的字，也就都以玉为偏旁，如珮、環、珏、琚、理、琪、璨、琦、璟、璞、璧……

啊，这里提到了“璞”“璧”！

璞，内里蕴玉的石头。再精美的玉、璧，也包含在璞石之中，例如和氏璧。

和氏璧，太有名了。那可是一块珍奇的璧、神秘的璧、珍贵的璧、充满了各种传奇故事的著名的璧。此璧从出现到踏入人类生活，几乎步步惊心、处处血泪，倾国倾城、名留史册。

璞中有没有玉，璞中之玉品质如何，剖开之前很少人知道。即使专家、玉匠敢于断定，外行也总会怀疑。所以，做玉匠这一行是要担风险的。

一种风险是看走了眼，把不含玉的普通石头看成了璞，结果会很悲惨；另一种风险是看得很准，却不被认可，也会受折磨。不过后者历经挫折后，最后终究会得到好结果。

楚国的玉匠卞和在襄樊抱璞岩寻得一块璞石，认定其中有玉，历经两被刖足、泣血三献宝的惊险过程，才成就了和氏璧悲壮的出生；蔺相如"完璧归赵"，为日后将相和埋下了伏笔；和氏璧经秦始皇制成传国玉玺，历经战乱，到唐代失去踪迹，令后人满怀向往和期待……

故事的开始至今已经两千多年，和氏璧一直为世人津津乐道。

当然，这是玉中之极品故事。另外，还有很多玉制品，列入国宝系列，平常人也很难见到。老百姓可以接触到的一般是很普通的玉器，即使如此，价格也很昂贵。玉由于其优良特性和气质，上下数千年，总是受到人们拥戴。

《说文解字》对玉的定义是"石之美者"。那么，"士[①]之美者"又如何呢？

石之美者，种类很多。因此，在缺少标准的情况下，玉石质地优劣很难区分。

十九世纪的法国矿物学家德穆尔根据现代地质学的理

① 士："士兵"之士、"士卒"之士。

论，将玉分为硬玉和软玉两种，自那以后，我国将这一分类的方法沿用至今。

硬玉专指翡翠，属辉石类，质地坚密，有玻璃光泽，对着光看有隐约的水晶结构。其摩氏硬度约为 7，硬度较高；比重约为 3.33，拿在手里面有沉甸甸的压手感。

软玉属角闪石类，其摩氏硬度在 6 和 6.5 之间，较硬玉软。

软玉的种类非常多，岫玉、南阳玉、蓝田玉、绿松石等，均属于软玉范畴。后来，由于丝绸之路的开通，新疆和田地区出产的玉石得到了一致的认可，在宫廷、官方及民间的玉器加工中逐渐成为主角。

由于人们对和田玉的过度开采，其资源已快速枯竭。现在，和田玉的产量大不如前，其价日高，其品多假，渐渐走向穷途。

如今，“玉族”中异军突起者当属昆仑玉。

昆仑玉产于青海，故又称青海玉。

昆仑玉有昆仑软玉、格尔木玉、昆仑白玉、青海翠玉等种类。

2008 北京奥运会指定昆仑玉作为奖牌“金镶玉”原料，成为昆仑玉走向世界的关键一步，昆仑玉声名大振，也成为青海省一张靓丽的名片。

有关玉的知识，需要专业人士详细讲解，我们仅能知其皮毛。因为涉及玉，除了观赏外，凡收藏、买卖、交换等活动，都不是一般人能玩儿得起的——缺钱。玩玉所需货币量，需天文数字才行，风险也大。历来涉猎此中者，非有权阶级、有钱阶级、有闲阶级不可。普通百姓，只能撷来些许话题闲聊而已。

由于玉石质地优异、品格高贵，收藏者日众；其制品花色、图案越来越丰富。

CCTV 第四套《国宝档案》栏目经常介绍国宝中有关玉器的故事，很有可看性。记得其介绍过一件我国最早的“C型玉龙”，至今六千多年了，出土于广西武鸣区。周身长度不过几厘米！专家介绍说，其玉质洁白通透，雕工精巧逼真。

此龙玉质究竟如何，我们可以抛却一边暂不管它，单是这“雕工精巧逼真”几个字，就值得我们认真思考。

就算是软玉，对其加工、雕刻、打磨……一系列工序，放到今天都不是一件容易的事。打铁先要自身硬，锔碗需用金刚钻。要加工出一件精美的玉器，必须先解决工具的问题。“工欲善其事，必先利其器。”先人们用何种工具对玉石进行切割、雕琢、打磨？这些工具是什么材质的？如何操作？

这一系列的疑问，真是令人百思难得其解；专家又言其形象逼真，更让我们费解：“真龙”何种容颜？玉制品对“龙”“逼”至何种程度为“真”？这一切的疑问至今未见人能有详解。

关于“龙”，因其虚无性和附着的皇统色彩，愚以为还是少提为要。

黄金是世界通用货币，可流通，可贮存，可交换，非常珍贵。玉的价值比较高，堪比黄金。但玉的性质偏脆，易碎，极难无损耗地改变形体，不能用作货币。不过，由于商品的价格基本是由市场供需关系确定的，所以，别看玉石及其制成品不能用作货币，但不少制成品价格比黄金高且日见其涨，令不少收藏家趋之若鹜。

涉及玉的词，总让人联想到其制成品的高贵、典雅、温和、秀美，如玉碗、玉杯、玉环、玉柱、玉筷、玉玺、玉镯、玉尺、玉凤等，列不胜列。

在汉语言中，又经常将其与金并用，如金玉满堂、金镶玉、金玉良缘、金风玉露、金枝玉叶 …… 这样，使金与玉的优良品性得到互补，更增高贵之气。

有些成语也涉及玉，如冰清玉洁，玉液琼浆、玉宇琼楼、玉树临风、金玉良言、抛砖引玉、玉不琢不成器、宁为玉碎不为瓦全 …… 数不胜数。

这些是正面的使用，给人以美好的联想。有时，玉也可以用来描摹反面形象，如说某人外表光鲜但内心龌龊，“金玉其外，败絮其中”，很透彻、明晰。

古时流传的故事，唐宋诗词，关键处使用“玉”字，能收到形、神、声、色俱佳的效果。

蒲松龄名著《聊斋》中有一则“书痴”故事，说彭城郎玉柱酷爱读书，笃信“书中自有米万钟，书中自有黄金屋，书中自有颜如玉”的传说，并与一名来自书中纱剪美女书签幻化的“织女”“颜如玉”相亲相爱、曲折分合的悲情故事，传达了作者对那些痴迷于某种事物达到入迷程度的人，会得到梦幻结局的美好祝福，和对任意肆虐、妄为作恶的官僚深刻批判的精神。故事中“颜如玉”的俊俏形象，令人铭记不忘。

诗仙李白天宝初年举家移居东鲁兰陵，写了七绝《客中作》：

兰陵美酒郁金香，
玉碗盛来琥珀光。
但使主人能醉客，
不知何处是他乡。

李白生性嗜酒、好诗，在他心目中，祖国山河无处不美。此篇诗作，虽然住寓客舍，但通篇的豪达不羁，美酒芬芳，氛围热烈，一扫客居他乡的忧思之情。“玉碗”的恰切使用，给诗作增添了温馨色彩。

白居易长诗《琵琶行》中的“大珠小珠落玉盘……”对琵琶曲优美旋律的描绘达到了出神入化的境界。

至于“琼楼玉宇”这词，还有些典故。

据《夜航船》载：“翟天师干佑间尝于江岸玩月，或问：‘此中何有？’翟笑曰：‘可随吾指观之。’俄间月规半天，琼楼玉宇烂然……”

古人想象力很丰富，创造了明月中美妙的艺术境界。

宋朝大文豪苏轼，文、诗、词无不出类拔萃，说理透彻，表情深切，意境幽远，内心炽烈，炼词独到，发人深省。他经常借用、化用各类典故、传说为作品增辉。其《水调歌头·明月几时有》：“……我欲乘风归去，又恐琼楼玉宇，高处不胜寒；起舞弄清影，何似在人间。……”其中对“琼楼玉宇”一词的使用，词评家多有赞语。例如：

卓人月的《词统》说：“我欲”三句，造型极美，用意双关，堪称绝妙。

刘体仁《七颂堂词绎》说：“琼楼玉宇”，《天问》之道也。

刘熙载《艺概》评此三句为“尤觉空灵蕴藉”。

“琼楼玉宇”一词原本已经勾画了月宫建筑的秀美，作者又把它用于自己词中，其富独特韵味的艺术境界，岂凡人可奢求哉。

所以，词，组得好，意境美；作者用得妙，更能摄人心魄。

前面讲到，现在青海的昆仑玉已经走出国门，走向世界，无疑是一件大好事。昆仑山孕育昆仑玉恐怕已有千万年，但它一直“养在深闺人未识”，多可惜！

细想来，这也是一种必然。世界上任何事情的发生，总受机缘制约。昆仑玉的横空出世，是必然的，但总要在历史进展到一定阶段（千百万年之后的现在），有了机缘，才能成为现实。

“石之美者”，质地坚密，有玻璃光泽，有水晶结构。硬度约为 7，有沉甸甸的压手感，此为硬玉。

“士之美者”，品质高贵，有耀目光辉，有超凡气质。硬度 100，有雄赳赳壮士感，如军垦战士。

# 3

# 说『遇』

遇：相逢或遭遇、相见之意。“遇”，有时用在意外见面的情况，如不期而遇。

也有约定的情况：金风玉露一相逢，便胜却人间无数。

一般情况下，“遇”“逢”“相见”等词语使用时会表达出一种令人惊喜的心情。

唐代诗人岑参名篇《逢入京使》写的就是一种“不期而遇”：

故园东望路漫漫，
双袖龙钟泪不干。
马上相逢无纸笔，
凭君传语报平安。

此诗描写了诗人远涉边塞（安西），路逢回京使者，托带平安口信，以安慰悬望的家人的场面，表达了作者惊喜、惆怅、遗憾、寄托等多种感想的复杂心情。诗意太厚重了。

这种“遇”，由于不确定性，其中就含有较多缘分的因素，用于文学作品中，效果很好。

无独有偶，唐代另一位诗人贺知章也有一篇相似之作《回乡偶书》：

少小离家老大回，
乡音无改鬓毛衰。
儿童相见不相识，
笑问客从何处来。

这种相遇很偶然，却又是一种必然。诗句言简意赅而又蕴意深远，其中隐括的乡思、乡情令人百感交集。作者与“儿童”的相见，又含有一种缘分。

还有几句俗语专门讲人生幸事、乐事、福事：

久旱逢甘霖，
他乡遇故知。

洞房花烛夜，

金榜题名时。

他乡遇故知，很难得，与“马上相逢”是异曲同工。能在他乡遇到从前的老朋友，什么心情？什么缘分？

至于“洞房花烛夜”一句，则重在让读者想象爱情的魅力。

古人对于爱情在诗词中的表达，又各有高明之处。

唐代“小李杜”之一的李商隐的无题诗很有影响，例如：

“相见时难别亦难……”

相见，含有特定情愫的一种“遇”。

古今诗家、学者、文人对此诗多有探讨和研究，但由于作者题诗名为“无题”，所以众口多论，难以确定最正确者，但其中名句“春蚕到死丝方尽”，足以千古流芳。几个字把一个永恒的主题揭示得如此深刻，不能不令人拍案叫绝。至于起首之句对于缘分和情感的纠结、缠绵的高度概括，足见大家手笔风范。

北宋文学家秦观有一首名词《鹊桥仙·纤云弄巧》：

纤云弄巧，飞星传恨，银汉迢迢暗度。

金风玉露一相逢，便胜却人间无数。

柔情似水，佳期如梦，忍顾鹊桥归路。

两情若是久长时，又岂在朝朝暮暮。

其中“金风玉露一相逢，便胜却人间无数”两句，说到牛郎与织女每年七夕鹊桥相会时，把描述（相逢）与议论（胜却）结合得多么巧妙，十分艺术地评价牛郎织女一年一度的相会，胜过千百万人间夫妻的终日厮守。这里的相遇，是有约定的“相会”，与前几例的“偶遇”不同。

至于东坡先生的作品，更是时时挥洒空灵之笔，意境、情感交融，韵味幽远绵长，凡人不可及也：

十年生死两茫茫，不思量，自难忘。千里孤坟，

无处话凄凉。纵使相逢应不识，尘满面，鬓如霜。

昨夜幽梦忽还乡，小轩窗，正梳妆。相顾无言，

惟有泪千行。料得年年肠断处：明月夜，短松冈。

这首《江城子》是他为悼怀爱妻王弗去世十年而作。苏大学者的作品，水平之高，风格之多样，古今无人企及。宦场沉浮、命途舛险，他都能从容面对。文学作品中表达的多样风格，更令人畅想连绵，意趣无限。对爱妻，如此缠绵。另一首《江城子》中对“弄筝女”表达了又一种情感：

凤凰山下雨初晴，水风清，晚霞明。一朵芙蕖，开过尚盈盈。何处飞来双白鹭，如有意，慕娉婷。

忽闻江上弄哀筝，苦含情，遣谁听！烟敛云收，依约是湘灵。欲待曲终寻问取，人不见，数峰青。

词语间，颇有白乐天《琵琶行》意境，然极精炼而含蓄。这意外相遇，却又毫无结果，令读者不能不浮想联翩。

“遇”，因其受到某些偶然性的左右，是需要缘分的。

古人往往由“遇”的偶然性导致诗兴大发，写出千古名句者，大有人在。前文已列几例，读者诸君各有多识多见，笔者浅陋，不再絮言。

在人生各种由“遇”而产生的不同结果来看，有些属于“相逢开口笑，过后不思量”者。如公共交通车上，遇一位老者，年轻人为其让座，一笑：“请您坐。”老者答谢：“谢谢！”到站后，各自下车，此生很难再见到。

有些属于偶然中的必然。我们从小就学到，瓦特看到家中炉子上的水壶盖被蒸汽冲击得一直跳动，从而发明了蒸汽机。人类历史上，自打用水壶烧水后，水壶的盖子一直被蒸汽冲得跳动着，却没有人联想到发明蒸汽机之类的事。这则故事，与牛顿发现万有引力一事极其相似。尽管蒸汽机的发明并不是故事介绍的那样简单[1]，但其中偶然与必然间的相互关系，足以给我们必要的启示。

前面简介几例古诗词中的“遇”，偶然的比较多。

“人生不相见，动如参与商”，可见，两个人的/相遇、相识、到成为亲密朋友，更是难之又难了。

“遇”，人生奇迹孕育和产生的神秘时刻，值得赞美！

---

① 资料介绍：一位名叫纽克曼的苏格兰铁匠发明了蒸汽机，詹姆斯·瓦特改良了蒸汽机，1776年制造出第一台有实用价值的蒸汽机。以后又经过一系列重大改进，使之成为“万能的原动机”，在工业上得到广泛应用。他开辟了人类利用能源的新时代，蒸汽机的广泛应用标志着工业革命的开始。

# 4

# 说『度』

度：物质保持自身特性的数量界限。

这定义比较抽象，也许有人认为不很准确。看几个例子就清楚了。

水，无色、无臭、无味的透明液体。在容器中烧到一百摄氏度，变成水蒸气，气体。降温到零摄氏度，变成冰，固体。

这例子中水的变化，都是物理变化，水的自身特性没变。

又：蒸馒头。用很标准的笼屉，很标准的大锅，很标准的火和很标准的水沸腾着蒸，在沿海地区（向西延伸数百公里问题也不大），到时间馒头没有不熟的。

然而在海拔3000米左右及以上地区不行。在那些地区，蒸任何馒头，在锅、笼屉、火、水，同样标准的条件下，蒸多长时间（保证锅里有水、锅外有火）也不会蒸得熟。没有高原地区生活经验的人，对此很难理解。然而这是科学：高原上，大气压力不够，水不到一百度即沸腾，蒸馒头，永远不会熟。

这就是“度”作用的具体表现。

“度”，在人类生活中太重要了。

中午晴朗的阳光在室外照到一片凸透镜后面的纸上，一般情况下这张纸没有什么明显变化；如果移动凸透镜，使阳光在纸上聚焦为一个小圆点，很快，这张纸上的小点变黄、深黄、浅黑、深黑…… 一下子，纸燃烧起来了。

这个几乎人人熟悉的小实验，其中包含着几个有关“度”的要素。

有一眼可以看清楚的要素：一个是镜片的凸起度，很微弱的不行，或很难完成实验；一个是镜片面积的度，很小的面积不行，汇聚不起足够的太阳能。还有暗含着的度数，像阳光的明亮程度：天阴不行，云彩多了也不行；还有纸张与镜片间的距离也是很重要的度数，近了、远了都不行，只有当阳光透过镜片照到纸上聚焦到一定程度时才可以。

这个例子先是物理变化，在阳光的照射下，纸的温度渐渐升高，到一定程度，阳光倒影的温度达到纸的燃烧温度点，此时会发生化学变化 —— 纸被点燃。

与“度”有关的概念在我们生活中普遍地存在着，只是我们较少注意它而已。

不注意“度”的存在，一般情况下没什么问题，因为日常习惯中，人们已经自然地把可能由“度”的泛滥造成的危险控制在正常、安全范围内了。例如，前面讲的凸透镜导致燃烧的情况，一般人不会让进入自家的太阳光透过放大镜照到纸上，任凭它燃烧而不管。但有些时候，由于对“度”的把握麻痹了、忽视了，导致灾难发生，不能不令人扼腕叹息！

报载，一辆很新、很高档的家用轿车光天化日之下自燃了！幸好车里没有人，否则会有更大的麻烦。

事故处理后人们分析原因：车主下车后，前窗下父亲的老花镜在一张纸上斜放着。“光天化日、老花（凸透）镜、纸”，具备了前例实验中的三个要素，车中又没人，纸燃烧起来没能及时发现，最后成为灾害……这样看来，前面的“幸好车里没人”倒不是好事，要是有人，一定会及时发现，避免这场灾难。

看来，对“度”这个概念在生活中的重要性，需要认真审视。

我们平时生活中涉及的“度”，如：锻炼的“度”、吃饭的“度”、花钱的“度”、打牌（麻将、够级等）的“度”、学习的“度”、休息的“度”、上网的“度”、放鞭炮的“度”、进补的“度”、吃药的“度”、玩手机的“度”……这些都需要注意。

还有，朋友的交往，有不少需要注意的“度”。有言道：

"君子之交淡如水。"这真是含有深刻哲理的一句话，境界太高了，一般人不易做到。唯其如此，它给我们树立了一个"标杆"。

但也不是说朋友交往时如果没有做到"淡如水"，就一定不是君子。朋友间，互相探访，"礼尚往来"不可避免，只是这"礼"的"度"数需要把握。

以上所说的"度"，主要是指上限，不能超过去的数量界限。

很多时候，还有下限的"度"数。

异性朋友交往，是一门大学问。孔子说，"男女授受不亲"——异性之间传递东西时，身体任何部位不得有接触！这"度"的标准多么清晰、严格！

当然，这是孔子他老人家生活时代的一种观念。历史从那时到现在，前行了几千年，现在，男女朋友见了面，何必"授受不亲"，握握手，很正常。还有些中国人不易接受的男女见面礼节，拥抱、贴面、吻手等，都远远超出握手的范围。

这些，属于正常的礼节性接触，在风俗习惯范围内，很文明。

公共场合，两位路人因小事吵了起来，骂上了，动了手，伤了人，甚至出了人命……究其根本，都是从很小的碰、擦、踩等原因逐步升级，导致难以收拾的结果。这里面，就是因为没有把握住"度"。俗语讲，"君子动口不动手"，只要认真做到这一点，就可把严重后果从源头堵截住。

现在小轿车越来越多，路上堵车、刮碰、对撞、翻滚、碾压乃至致死人命的事故也是越来越多。所以，现在查车很严，警察把小车拦下来，测酒精“度”，就是为了最大限度地杜绝行车事故。我们开车前如何把握饮酒的“度”呢？现在的回答是统一的：一口也不能喝！这个“度”很清楚，很明白，不能拿自己和别人的生命开玩笑！

生活中，“度”，无处不在，我们要随时注意掌握恰当。

吃饭，不能太饱，也不能不吃。上下都有“度”的问题。

锻炼，不可不参加，也不能过量，也须注意“度”的问题。

睡觉，不可不睡，也不可睡得太多；水，不可不喝，也不能喝得太多……我们看，与我们健康生活密不可分的活动，吃饭、睡觉、锻炼等，都有最高“值”的度和最低“值”的度——“底线”——在护卫着我们。

于我们健康生存无益的活动，比如喝酒、抽烟、打麻将等等，一般来说，只要关注千万不要超过其上限的“度”即可；至于下限，可以是零；喝酒千万不可过量，不喝也可，特别是开车前，一滴也不要喝；抽烟要少而又少，不抽最好；麻将，尽量少打，一点儿不打也没害处……

所以——

人生在世总忙碌，

时有“粗心”忽略“度”；

冷静分析巧处理，

一世耄耋顺利度。

“度”，真的不好把握吗？

好像特意为笔者拙文《说“度”》进行验证，近日，媒体报道两人在公共场合（公交车上）因一件小事（简直小得不能再小了，详见下面引文）意见没有达成一致，导致互相斗殴，结果，一人当即死亡，另一人十日后也死了！

摘要如下。

…………

去（2012）年10月13日上午，胡某带着孙子，在樊城区松鹤路登上20路无人售票公交车，在前排坐下。途中，胡某旁边靠窗处空出一个座位，田某要求胡某往里坐，被胡某拒绝。

田某强行挨着胡某坐下，两人争吵继而发生肢体冲突。车上乘客见状连忙劝阻，并将胡某劝至另一座位就座。两人气愤难消，继续争吵，并再次互相厮打，周围乘客再次进行劝阻。此时，公交车停靠在长虹路口站，司机唐某对胡、田二人进行口头制止。

两人被劝开后各自在座位坐下，不久，胡某突然倒地，田某及其他乘客见状急忙报警。胡某后被送到当地一家医院救治，终因抢救无效于当日去世。

事发后，田某被警方带走审查，但因身体原因未被拘押。不想，10 天后，田某也因病去世。

…………

看完这则消息，让我们说什么好呢？

“度”，真的如此难以把握吗？还是一些人的思想、行为方式出了问题？

# 5

# 说『食』

“食”,对地球上的每一个生命来说,意义之重要,出不了前四名(还有阳光、空气和水),说最重要,也不为过。

常言道:“民以食为天。”

人生最重要的事有四件:衣、食、住、行。

从不同角度看去,人生命中都离不开“食”。

“食”,现代汉语中有两个义项。一个是名词,表示物质类的实物:各种可以吃下去延续个体生命的东西,如畜肉、食油、粮食、蔬菜、水果、海鲜等。

另一个义项为动词,现在称之为吃。以上列举的各类食物,都需要通过吃这个动作进入身体内。但在有些特定语境里,吃这个动作,还是要用“食”。比如“食人鱼”,即可以把人吃掉的鱼。如果说“吃人鱼”,好像不太合适。

又如，说鸡肋“食之无味，弃之可惜”。这句话甚至连累得历史上三国期间的杨修丢了性命。

可见，“食”绝不是小事儿。

我们这里说“食”，主要还是讲物质，供我们吃的东西。但叙述过程中，也难以避免“吃”的意义。那就根据情况，兼而用之吧。

我们这里说“食”，主要还是讲老百姓家庭以外（社会上）的食物和烹调技术等。这些东西可说的情况多，发展变化也巨大，对我们影响不一般。但叙述过程中，也难避免自家的一些事儿。这也就根据情况，兼而说说吧。

中华民族，历史悠久，文化积淀深厚，饮食文化同样博大精深。

孔子孔老先生对“食”就很有讲究，说：食不厌精。

中国食文化丰富至极，从烹调技艺上来看，煎、炒、烹、炸、熘、焗、熏、烤、涮……难以尽数。从菜的特色来看，有八大菜系（也有四大菜系、十大菜系等不同说法，似无须论争）：川、粤、湘、闽、徽、浙、鲁、京。

中餐的菜肴以色艳、香浓、味鲜、型美而著称于世。中餐的菜肴名称也别具特色，例如红烧狮子头、蚂蚁上树、东坡肉、佛跳墙等，富有中国传统文化特色，让人联想到美好的图画、故事。

烹调技艺、各大菜系、菜肴特色，都是缘于“食不厌精”这个主题而逐渐形成的。可见，圣人一句话，美味满天下。

实际上，对于广大老百姓来说，普通家常菜肴居于生活的主流，特色小吃可起补充调剂作用。至于名菜、大餐、高档宴品则非寻常人家可奢望的。

说起日常饮食来，每个人首先会想到自己家中的情况。普通百姓，紧接着也就会联想到早餐——街道边小摊买回的早点。

以前的早餐（早点）很简单，一般的家庭热一点儿稀饭，熥一熥馒头、饼子，也许还有地瓜干儿什么的，就着一点儿咸菜。条件好一些的，买回几根油条，上学的男孩儿、女孩儿就都很高兴。那时，能经常在街头喝豆浆、吃油条的不多。南方人，特别是上海人，即使在青岛这些北方城市生活久了，也难改其宗，早餐是开水泡米饭，就着自家腌制的小菜吃。

如今，早餐变化大了。在家中吃的，每顿每人基本会有一个鸡蛋，或煮或煎，有的人愿意蒸鸡蛋羹。主食也更丰富了，馒头、炒米饭，面包（抹黄油、奶酪），油条更不用说了。但目前很多人不提倡吃太多油条，认为不健康。餐厅里的早点花色品种也分外多，南京小笼灌汤包、蒸饺、地方特色小吃、肯德基……

虽然早点品种丰富，但是难免味道欠缺，添加剂“丰富”，卫生有问题。部分炸油条、奶粉、肉制品中添加剂超出许可范围，瘦肉精、三聚氰胺、苏丹红等出现食品中，就是最令人警醒的明证。南京小笼包，哪个摊位正宗？以前很有特色的居民小吃很少见了，比如甜沫。偶尔见有家店面做这东西，味道比以前差远了，价格更超出平常人承受能力。值得一提的是，远比南京灌汤小笼包味美几倍的传统美味青岛大包，现在遍寻青岛城乡，难觅踪迹，"怎不令人思断肠"。

老百姓对于"食"的要求很简单：质优价廉。

比如青岛大包。

从午餐看来，大众讲究的是一个"饱"。中午嘛，吃饭时间短，很快又要工作，所以，吃饱了就行。以前一般是自己带饭，没有讲究，都是前一天晚上准备好了的。经济情况富裕些的人，会买快餐吃。以前青岛中午的快餐要数"青岛大包"了，曾经多么红火！不仅馅料实在、味道鲜美、面皮松香，价格也非常合理，雅俗共赏，作为青岛代表性的小吃名点毫不逊色。

后来青岛搞食品评选，"青岛大包"被选为"青岛十大名小吃"之一。然而，自那以后，其品质一天天下滑，口碑也越来越差，经营该项品种的店铺越来越少。现在，"青岛大包"基本退出了"著名小吃"的历史舞台，不能不令人扼腕叹息。

这就不免让人们产生这样一种感觉，凡是从食品比赛中评选出来的名品，差不多都是短命的。是不是很奇怪？

细想一想，这种现象又很正常。

一种食品，一旦准备参加比赛，就会利用种种方法，或暗箱操作，或强拉选票，或赛中作弊…… 不一而足。一旦榜上有名，立刻身价百倍，前期投入很快捞回不说，接下来的利润更是令人馋涎欲滴。如此急功近利的大好事，何乐而不为？然而而后的问题往往出在两个方面：由于已经成为“名牌”，“萝卜快了不洗泥”，销路太旺，所以偷工减料、卫生下滑、口味变差现象层出不穷；更有连锁及加盟厂、店陆续出现，如此名牌，可支撑几天？

另一种则是直接的冒名顶替，市场上每天都可见到的“驰名商标”“中华名牌”“中国著名小吃”等。

这些名牌，有何依据？哪年评比出来的？成分表、制作过程是怎样的？营养价值如何？权威保证机构是哪一家？如此等等，都是糊涂账，让广大老百姓情何以堪？一点可信度都没有的东西充斥着市场，我们到哪里去买安全的食品？食品安全还有多少保证？

一般人很难进入食品比赛现场做实地系统的考察，对这种比赛的内幕难以了解清楚。但多个领域屡见不鲜的潜规则，对食品评比的影响和由此产生的恶劣后果，也是非常明显的。

相声贯口《报菜名》介绍了不少各路菜系的著名菜品，没听说哪一样是哪次比赛赛出来的。

“食”，是老百姓维系自身生命的最实在的生活必需品，来不得半点儿虚假。当社会上不正之气泛滥时，一些虚假菜品会谋得暴利；一旦风气正常些，高消费群体锐减，那些浪得虚名的所谓“高档”菜品，无不立马现出原形，退出餐饮舞台。

曾经，“食”的缺乏是个大问题：劳动量大，食品缺乏；肚中空泛，精神茫然；体力不支，食欲难填。

每天艰苦劳动，疲劳及饥饿感很容易袭来。此时，大家往往七嘴八舌地谈到在家里的时候如何吃，吃什么，什么味道，花色如何，气味如何 …… 一言难尽。

那时，对此称之为“精神会餐”。

干活最累时，最容易搞“精神会餐”，一般从冰激凌开始。因为天太热，活又干得猛，口干舌燥，想喝水，没有，想风凉风凉，无处可躲。盼到休息，干咽几口唾沫，于是有人说：“这会儿要是有块冰激凌吃，该多美！”

立时，大家就七嘴八舌地谈开了。

小时候，冰棍儿三分钱一根，吃到嘴里，凉飕飕的，这会儿来一根，最解决问题；雪糕，五分钱，豆沙的、奶油的、菠萝的 …… 很少有机会吃；“困难那年”，三色冰砖一元钱一块儿，五角买半块儿，看别人吃，馋得嘴里流哈喇子，只能咽唾沫解馋。冬天晚上，马路上的鸡汤馄饨棚子，灯光晃动，神秘而诱惑，路过时，隐隐有香味儿飘出来。没钱不敢进。饺子，白菜馅儿的、芸豆馅儿的、芹菜馅儿的、韭菜馅儿的、鱼肉馅儿的……哈，说起这鱼肉馅儿饺子，我们连一位战友最有资格。他把鲅鱼饺子的做法详细地从头讲一遍：把鱼洗干净，如何片下肉来，如何剁碎，如何去除其中的鱼刺，再掺一些肥猪肉泥，再调何种调料……讲的过程中大家早就咽了好几回唾沫了。联想一下这饺子熟了、盛入盘子的情景，啊呀呀，精神上的安慰没法提了，肚子的感觉可就更难受了。但也没办法，还是要说：红烧肉，一定要五花的、带皮，切寸块儿，炒锅加油，放白糖，慢火炒糖色，倒入猪肉炒至呈红褐色时加入料酒、姜、八角、花椒等（葱要后放，以免煮烂），加水加酱油适量，大火开锅后文火炖烂……出锅时，那红彤彤、油汪汪的样子，香味冲鼻的感受，啊呀呀，没法提了；还有那带"嘎渣"的饼子配红烧鱼；至于扣肉、烤鸭、螃蟹（这些东西，吃的人就少多了）……更令人馋涎欲滴，欲罢不能。然而，更多的美食来不及回味，又该干活了。

知青们年轻时期向往的美食，现在几乎随时可尝到，但是人都老了，身体状况又不允许了。"三高"时刻威胁他们的肌体健康，令人对各种美食几乎是"谈虎色变"了。这就是人生，不如意之事常在，还是要以平常心待之。

日前，CCTV4 播出《远方的家》系列节目，每集几乎都介绍几道特色小吃、名点，令人垂涎。这些特色食品，经营几十年是短的，上百年的不在少数。创出名牌背后的艰辛，主人心中最清楚。

没记下来在哪个小镇有一种非常有特色的食品：牛肉丸。一清早，主人就亲自持一根方棱铁棍敲打用来做丸子的牛肉。注意，这牛肉不是剁出来的，而是方棱铁棍敲（或臼砸）出来的。这功夫下得了得，牛肉砸好后做成核桃大小的牛肉丸，摔到地上可以弹起来一米多高，能用手抓住。吃到嘴里的感觉，据主持人讲，那可是美得不得了。这样的食品，顾客不盈门就怪了。

上海南翔小笼包，100 多年的历史了，每天大约两千人次进食（营业额会多大？），到下午两点人气也不散，至今味道未变，形式也没有变，未被沧桑巨变淹没。想想“青岛大包”，汗颜！

还有绍兴的酥鱼、咸亨糟鸡、绍什锦、茴香豆，无不历久不衰。

苏州的哑巴生煎，六十多年的历史了，靠的是诚心，从不偷工减料。想想“青岛大包”，无言！

还有福山大面，已经有 400 多年历史，现在的韩国炸酱面，是 100 多年前从福山传过去的。

几年前，有决策者突发奇想，在山东路和连云港路之间的海泊河南岸建起了“美食舰队”。这种毫无根基、不切实际情况的主观臆想，其后果已经大白于天下。十来艘美食“舰船”冷冷清清地摆放在美丽的海泊河旁边。

现在，那些“舰船”只留一艘“齐鲁号”继续经营餐饮。其他地盘儿已经改建为一处名为“河清海晏”的公园。

食，根基在民间，生命在诚信，活力在实惠。一味追求奢华、虚名、高档，终究没有出路。

环顾我们周边，青岛的“食界”，走好、走稳、走实的路还真是很长、很长……

# 6

# 说『育』

关于“育”,《说文解字》:养子使做善也。

“育”是会意字,从二从厶从肉。“二”指再、复。“厶”指自我。“二”与“厶”联合起来表示自我复制、自我拷贝等意(不可视为“云”意)。“肉(月)”指肉身、身体。“月”作为偏旁,要注意区分两个意义:用如“月”的有明、期、玥、峬等;用如“肉”的有育、腹、背、腰、肚、脸等。

“育”,现代汉语经常说“培育”“养育”“培养”等。

“育”,是指人类特有的教养方式。在这个意义上,地球上除人以外的动物界不存在“育”的问题。动物只有“养”。

猫、虎、狮和其他很多肉食动物,对自己子女的养,包括对子女们捕食猎物技能的“培训”,乃本性使然,属于生存技能的承继,仔细考究,不含“育”的意义。

人类具有生物性和社会性这两重属性。仅有生物性而没有社会性的人，也不成其为人。比如，有把出生以后的孩子（有意、无意？）丢弃在原野上的实例，这孩子后来被狼群收养，他就成了“狼孩”。直至长大，不穿衣裳，不会站立行走。进食也始终和狼一样，要把生肉丢在地上，他才肯去吃，而且是像狼那样只会用嘴吃，不会用手把肉拿起来送到嘴里。狼孩在生物学意义上是“人”，在社会学意义上是“狼”。之所以如此，就是此“狼孩”缺少了人类的“育”。可见，“育”在人类生存、生活中具有绝非一般的重要意义。

有科学家对狼孩进行过社会人的“育”（培养）试验，力图找到把狼孩重新引回人类社会的途径，结果失败了。这说明，人类的社会性，需要从婴幼儿时开始培育，过了宝贵的启蒙阶段，大脑很难接受人类社会性信息，无法完成教育，被培养成社会人。

本文题为《说“育”》。这个话题挺大，且关系到每一个人，实在不大好说，所谈无非个人随想之浅见，供参考。

孔子说：“三人行，必有我师焉。”“见贤思齐，见不贤而内自省也。”也就是说，人只要活（行）着，就有“育”的问题，随时有老师在左右，需要我们学习。

西汉刘向《说苑》的《师旷劝学》一文中说“少而好学，如日出之阳；壮而好学，如日中之光；老而好学，如秉烛之明”，提出“活到老，学到老”的观点。

“育”的问题，我们一生离不开。

人，在社会性上的“育”，必须由四个方面的重要条件综合支撑构成才能基本完成，缺一不可。

首先，家庭。一个幼儿出生伊始，当然最早接触医生、护士，但家庭的教育是由父母开始的。特殊情况另当别论。家庭教育对一个人的成长具有决定意义。如前例所示，不懂世情的孩子放到狼群里，永远回不到人类社会了。

其次，学校。这一点毋须多讲，不会有谁对此持异议。

第三，社会。“育”在这一点上对一个人的成才与否，不仅关系密切，而且具有重要意义。孩子们在学校时，那种天真活泼、认真纯朴、诚恳忠诚、积极上进的精神状态，随时想起来都让我们兴奋。他们毕业后踏入社会，不少人茫然、迷惑、困顿，百感交集的踌躇……我们每个人在这方面的体会，还用多说吗？

第四，自己。这一点，在“育（培养）”一个人成长过程中的重要性有多大，很难确定，但必不可少。这是内因，也是人区别于其他动物的根本点。如何最大程度地激发出孩子（和其他年龄段的人）自我教育的积极性，是成才水平的重要所在。20世纪80年代初在我国出现的“高教自学考试”是对此最经典的诠释。

地球上，各国的学校教育总的来说差不多，小学、中学、大学，细看起来，也各有特点。国情不一样，历史不同，民族、风俗各有特点，采取完全相同的学校教育模式是不可能的。

孰优孰劣，往往各执一词，难分伯仲。现在的新潮观点，有说美式教育好的，有说英式教育好的，有说日式教育好的……究竟哪家好，好到什么程度，其实不必强予分辨，也无法分辨明白。正常情况下，各国都培养出了各种人才，各国也互派留学生，留学生学有所成后，回到自己的祖国也都做出了突出贡献。

有的国家，从学生的角度看过去，好像比较完美，学生们的压力小，作业少，不必死记硬背，活络、自如、随意，等等。

其实，学校教育阶段这些不同之处，并不是能否培养出杰出人才的关键。

培育一个杰出人才（比如诺贝尔自然科学各奖项获得者），取得超越性科研成果的关键，最起决定性作用的环节，其实是社会。

一些国家社会中的暗流涌动，使看上去单纯的学生，在国家利益的驱使下成为政客、“炮灰”等，最后难以避免成为侵略别国的工具。学生时代接受的教育，不能左右成人后的足迹。

社会政治环境很容易把人变成非人。这样的教育不能成为效仿的榜样。历史上看，我国的教育非常先进，四大发明引领世界文明；浑天仪、地动仪、星座图、日晷、二十四节气的划定……都是那些时代顶尖的科研成果。没有先进的教育水平，不可想象。

在我国，关于“教学改革”的各种意见、方案、实施办法出台很多种了，结果却总是不尽如人意。不少人还是把目光集中在教育质量上，总是强调“提高教育质量”的问题。由之而来的各种措施、方法，看去花样百出，却总是难以达到理想境界。

为什么？

钱学森在晚年发出了震撼教育界的“钱学森之问”：为什么我们的学校总是培养不出大师？

大科学家之问引人深思，但如此高智商的科学家，不会不明白，杰出人才的培养绝对不会仅仅局限在学校环节。

钱学森自己不就是杰出人才吗？他如此发问，是不是他谦虚，认为自己不算杰出人才？那么，他认定的杰出人才的标准是什么？

如果只有比他还要优秀才可以，那只有获得诺贝尔自然科学奖的人才符合标准。

学校教育不是培育杰出人才的关键，总是把人才培育的问题放在“教学改革”这里，永远解决不了杰出人才何时才能培育出来的问题。

衡量一个国家教育质量如何，能否培养出诺贝尔自然科学奖获得者来，学校的教学水平仅是一方面。

媒体介绍，2013年高考结束，青岛某校高三二班全班56人全部超过一本录取线，最后一名都超了10分。还有某班43人，最低的超一本线21分！

这种报道，看上去很夺人眼球，好像这些学校的教育质量很高了。其实这样的“成果”只是提高了这些学生升入高等学府的概率，对我国培育杰出优秀人才的总体目标来说，不存在直接对应关系，充其量只说明这些人在未来社会中的竞争力强一些罢了。

如今，社会上各种思潮泛滥，学子们踏入社会，面临的重要考验就是，在学校学得的知识与现实生活如何交融。

近年高考中，一位高分考生很清醒地说，这高分不算什么，以后的竞争会更激烈。

判断某人是否优秀，有两项标准：高超的学识和高尚的品德。升大学时的优秀成绩，不能保证最后的成功。现在，很多大学生甚至教授，蜕变成“精致的利己主义者”，其惨痛教训，值得我们深思。

其实，优秀人才，我国教育培育得很多，要不社会主义建设各项事业如何获得如此飞速进步？“神十”的成功发射、运行和返回不就是最有力的证明吗？至于钱学森所提“大师”的成功培育和何时出现，是一个值得认真解决的问题。

“育”，涉及全民的大问题，真正解决好这个问题，是普通老百姓最真诚的愿望。

# 7

# 说『烟』

“烟”，很平常的东西，生活中常见，与我们的关系也很密切，可以说无人不晓。唯其如此，对与它有关的事情，说一点联想，与朋友交流。

烟，以两种形态存在于我们的生活中。

第一种形态下的烟，是物质燃烧时飘散起来的，含有微小颗粒，如烧煤、烧木柴等东西时，都有烟产生。

狼烟，古时为了防卫敌寇入侵，在长城的烽火台上点起狼粪。因为狼粪燃烧的烟呈垂直上升的圆柱状，很远的地方也可以看得到，用来传递敌寇消息迅速快捷。这种信息传递方法在那时是很先进的了。这是“烟”伟大的历史功绩。

后来，对某些类似于燃烧产生的气体，也会用“烟”来形容，如“大漠孤烟直”。这里，“孤烟”不是燃烧物质的产物，而是空气急速回旋，把尘土裹挟成立柱状的气旋随意游走，造成“烟”的形态，又经诗人文字的艺术加工，用来描摹遥远荒凉地域景色的凄美，成为绝唱。

唐宋诗词家们，把“烟”融入自己作品中的情况屡见不鲜，每次运用，各有不同，产生了别具特色的艺术效果。

“隐隐飞桥隔野烟，石矶西畔问渔船。”

这是唐代诗人张旭《桃花溪》中的两句。“隔野烟”实际是隔水雾，水雾似烟而已。那时，想在桃花溪边搞出那么多烟也不可能。然后从桃花溪中“桃花尽日随流水”的美丽景象，联想到蒙蒙烟（水雾）遮掩着的“桃花源”究竟在哪里，很有意境。

“烟柳画桥，风帘翠幕，参差十万人家。”

“乘醉听箫鼓，吟赏烟霞。”

这几句词，是宋代词人柳永《望海潮·东南形胜》中分别出现在上下阙中的名句。

柳永，一生不得志，自称“布衣卿相”。其词作，达到了“凡有井水处，皆有歌永词者”的地步。他在这首《望海潮·东南形胜》中，描写杭州景色之美，可谓空前绝后，难怪金主完颜亮读此词后，决意要渡江南下，看看杭州是否如此绝美。

柳永六十多岁重返江南，所见“最是簇簇寒村，遥认南朝路、晚烟收。三两人家古渡头”。无疑是受落寞心境影响，此时与当年所见景色完全不同了。

说到南朝，唐代杜牧《江南春》说：“南朝四百八十寺，多少楼台烟雨中。”诗句述说南朝寺庙历经战乱，所存已经很少，突出了凄凉景象。柳永借用“南朝”一词，其“寒村”“晚烟收”的内蕴更显厚重。

后来，清代高鼎的《村居》对江南的描述，别胜一格：“草长莺飞二月天，拂堤杨柳醉春烟。儿童散学归来早，忙趁东风放纸鸢。”

高鼎诗作不太符合那个时代的风格，所以名声不大。一般人提到他，只是因为他写了这首有名的诗。这里的“烟”用得太好了，“春烟”，绝不是“烟熏火燎”的烟，是薄薄的清雾，是霭霭的水汽，看慢慢摇曳的杨柳树，如同饮醴微醺一般，江南水乡如画的景色活了起来。

可见，“烟”在中国诗人、词人笔下，真是千姿百态、生灵活现！

2013 年全国高考语文山东卷第二卷一道题也涉及了“烟”。

“月升岩石巅，下照一溪烟。烟色如白云，流来野寺前。

开门惜夜景，矫首看霜天。谁见无家客，山中独不眠。”

高考试卷如此选题，可见景色描写中，借“烟”生情的写作方法由古至今都很受重视。为备忘计，干脆多用些版面，把问题和答案照录如下。

（1）三、四两句中的“烟”有哪些特点？诗人是如何描写的？

（2）结合全诗分析诗人“不眠”的原因。

**参考答案：**

1. 三、四两句中的“烟”有两个特点：一是白色，一是具有动态。诗人在第三句用比喻的修辞方法，形容山岚在月光下呈现出如云的白色；第四句以“流”字描写山岚之动态，形象生动。

2. 诗人不眠有两方面原因：一是喜爱山中夜景，前四句描写山中月夜美景，第五句“开门惜夜景”，“惜”字表达了诗人对山中夜景的喜爱；二是思家，最后两句中“无家客”“独”表现出诗人的孤独和羁旅思家之情。

不过，这些因“烟”而生的美感，都是人们在一定距离之外所见景物在头脑里“加工”后衍生出来的，因“距离产生美”所致。真正走进各种“烟”中，情况恐怕就不会如此美妙。

“大漠孤烟”远看有意境，如果真把诗人裹挟到这“孤烟”里面去，那感觉肯定不美。我们知道，大漠孤烟，其实就是一种龙卷风，这风有轻重的不同。无论哪一种龙卷风，吹到身上，滋味儿都不会好受。龙卷风重则使房毁人亡，轻则令人呼吸困难、头晕脑涨等，不美，也不好玩儿。

还有如“往事如烟”。这样的词，蕴含着某种情感。“往事”与“烟”，相似处在于两者的飘渺、短暂、易逝等。这样的比喻，使人产生留恋、怀念等心情，是“烟”在文学修辞中的又一种用法。不过用得多了，效果会变得平淡。

“野烟”“烟霞”“春烟”“烟雨”等景象，读者在远近观赏时的体味均有所不同，有如诗如画、美不胜收等感觉，令人心旷神怡。

可见，作为景色的各种“烟”，都属于“只可远观，不可亵玩”之类。

由于人类缺乏控制地改造世界的活动，自然环境净化能力跟不上，现在经常出现的一种天气状况叫烟霾，也称为雾霾、阴霾。

霾：空气中因悬浮着大量的烟、尘等微粒而形成的混浊现象。

烟霾对人健康的危害非常严重。这东西，“远观”不美，“亵玩”危险，已经到了必须马上治理的地步了。

烟的另一种形态是对有特殊味道、燃烧后经由特殊途径——呼吸——为人们提供服务的物质的统称，像烟草、卷烟、雪茄、香烟等都是。它们属于国家烟草专卖局管理的重要物资，非经国家授权，不得私下交易。

还有“二手烟”的说法，这是指某人吸了香烟后，喷吐的烟雾又被他人吸入的情况，危害大。

最近又有人提出“三手烟”的概念：室内有人吸烟后，此环境中的物体，比如窗帘、沙发、床单、衣物等逐渐释放出来的“烟”味儿。危害更大！

雪茄，一种经特殊加工的烟，形体、包装、味道都与一般意义上的香烟不一样，在我国，吸食的人不多。

还有“大烟”，就是鸦片、毒品。曾对我国造成很大危害，在科学手段控制下可以入药，在我国已属于特殊管制药品，现在，一般情况下只能用于医疗事业。

香烟，也就是烟卷，吸食它对人也有害。有害的源头在于香烟中所含的尼古丁等。现代科学研究证实：

一支香烟所含的尼古丁可毒死一只小白鼠，20 支香烟中的尼古丁可毒死一头牛。人摄入尼古丁的致死量是 50 ～ 70 毫克，相当于 40 ～ 60 支香烟的尼古丁的含量。如果将一支雪茄烟或三支香烟的尼古丁注入人的静脉内，3 ～ 5 分钟即可致死。那么为什么有些人吸烟量较大并不中毒呢？每日吸卷烟一盒（20 支）以上的人很多，其中尼古丁含量大大超过人的致死量，但急性中毒死亡者却很少，原因是烟草中的部分尼古丁被烟雾中的毒物甲醛中和了，而且大多数人不是连续吸烟，这些尼古丁是间断缓慢进入人体的。此外，纸烟点燃后50%的尼古丁会随烟雾扩散到空气中，5%随烟头被扔掉，25%被燃烧破坏，只有20%被机体吸收，而尼古丁在体内很快被解毒，随尿排出。再加上长期吸烟者，体内对尼古丁产生耐受性，故嗜烟如命未必急性中毒。

有一种说法：吸一支烟会缩短一秒钟寿命。吸烟有没有这样严重的后果？不好说，但其危害性如此形容不为过。

由此可见，作为人们经常吸食的各种烟，是“远观无益，吸食尤险”的危害（毒）品。

科学研究出来的结论我们应当相信，至今还在吸香烟的朋友，为了自己和家人的健康，看了以上有关香烟所含尼古丁的介绍，如果不怀疑其正确性，应该立即戒烟！

# 8

# 说『师』

“古之学者必有师。师者，所以传道授业解惑也。”

这是“唐宋八大家”之一的韩愈韩老夫子在其名篇《师说》中的开篇第一句，真是精当、精确、精彩、精美。总之，精得神了。

有人也许会问：此文题“说‘师’”，不是要把《师说》倒过来说吧？

岂敢。之所以想到这个文题，也是从此前几次思索有关“育”的问题，写了一些关于“育”的拙见而引出。实际上，“育”与“师”分不开。说“育”，避不开“师”，反之亦然，由此涉及“师”的问题。为了与“育”各有侧重，这里，仅说说有关“师”的一点浅见。

“师者，所以传道授业解惑”的充分实现，需要两项最根本的保证条件：一是高尚的师德，二是精当的学识。两项互相协同、补充、支撑，缺一不可。缺少任何一项，绝对做不成起码的、合格的老师。

古语有“天地君亲师”的说法，老师的地位之高及其权威性，一目了然。

师，老师，每个人一生中都要受其教育的，值得尊重、敬仰、爱戴、感激的人。

老师当然是要为人师表的。唯其如此，每新学期开始，老师们无不做足了各自的准备，从多方面入手，目的只有一个：把分到自己身边的孩子教好。

特别是有老师做出突出成绩时，我们无不从心中佩服，而且学习他们为师的精神、厚重的师德。拥有了优秀、高尚、厚重的师德，就具备了为人师的一项基本条件。

如前所说，为师精神重要，同时，每位老师还必须掌握丰富的科学知识和正确的人生观，以此为基础，才能教好学生。否则，为师精神再高尚，教给孩子们的知识、人生观都是错的，会有何种结果？

我做老师时，一次校领导（祖籍河南）讲话中提到老师要做到“传道、授业、解 huǎi”。我一下子没听明白，“解 huǎi”是怎么回事儿？什么是“huǎi”？反应迟钝呐。领导讲话不停，咱要不漏教诲，还要搞明白意义……好一会儿过去，猛地明白了："解惑！""传道、授业、解惑"的解惑。

这不是韩愈的名言嘛。领导的方言，把"惑"读成huǎi了！

看看，在教育系统内，一位领导读音上的偏差，给咱这不很懂方言的为师者带来多大困惑！这事儿，其实不大，因为不是在课堂上。但留给我的印象极深，三十多年过去，仍清晰难忘。

由此可见，为人师者，如果在课堂上传授了错误知识，后果多严重！

做一名优秀教师，师德厚重、学识精当是必须的基本条件，缺一不可。

由此引申开来，现实中的每个人在社会上都有一定的影响力，一言一行对身边人都会起到或大或小的"师"的作用。咱们身边的不少人，对这一点的认识有欠缺。比如"中国式过马路"的问题。

一位游走国外的同胞，回国后与朋友讲到，刚到国外有一次与一位外国人同时过马路，红灯亮着，面前两条相交的路上一辆车也没有。他刚想抬脚过马路，但身边的那外国人一动不动。他也只好停下来，但忍不住，就问那人："现在一辆车也没有，你为什么不走过去呢？"那人答道："我想，就在现在，如果我趁着没有汽车在路上行驶而闯红灯，不远的哪座楼上一位小朋友看到了，就会受到错误的教育。不能这样做！”

这位朋友由那位外国人言行中深受感悟：任何人的日常行为，随时可能对别人起到“师”的作用。从此，他再也不闯红灯了。

这个故事可能很多人都听说过，这不就是一种随时存在的社会教育吗？具有与此相同意义的现象，每天每时都在我们身边发生着。海滨烧烤，排队加塞，滥养宠物，随地小便，作局碰瓷，设“托”骗财……这些错误行为在社会上渐次泛滥，影响极为恶劣。在社会上“行走”的每一个人，其一言一行，无时无刻不会不对身边的人起某种“师”的教育作用。也许是好作用，也许是坏作用，社会风气由此形成。

学生们毕业了，在很长时间内（甚至终生）社会教育对他们都会起作用。这一点，从小学到大学有一个逐步深化、强化的过程。我们每一个人也都是从这社会风气中“穿插着”磕磕绊绊走过来的。绊得轻时，晃上几下；绊得厉害了，就会摔一跤；更厉害者，会有性命之虞。

每位成年人，特别是社会地位高些、有一定影响力的成年人，如老师、作家、书法家、画家、媒体人……他们日常生活中的一言一行对身边人都有较大言传身教的意义。

行文至此，正考虑如何作结时，正巧观看了今天（2013年9月13日）CCTV4的《中国文艺》，介绍作曲家谷建芬以高尚的师德和精湛的声乐知识授业解惑，三十多年来一直活跃在中国声乐艺术舞台上培养教育了数名歌唱家，如毛阿敏、那英等。

由此，我想到：

为师须积多年痴，德必厚重传真知。

酿得百花成蜜后，此中甘苦报春时。

# 9

# 说『位』

位：在空间某处占据一定大小的地方。现代汉语中，经常用双音词来具体表达，如位子、位置、座位、席位、餐位、价位、职位、岗位、在位、地位、神位、同位儿（上学时的同桌）…… 不一而足。

还有“名位”，一些在世或过世的名人的名字集合到一起，称为“名人堂”。因为有名（可随之获利）嘛，所以进入“名人堂”是很诱惑人的。很多人希望尽快成名，有时甚至不择手段，比如有人借绯闻“上位”。

“位”的义项还有一些，像“位移”，是物理义用词，指物体从一个地方移动到另一个地方；“定位”，有时特指“全球卫星定位系统”；“诸位”，是一种称谓，一般用在对莅临客人的尊称；“部位”，医学上常用，如“在结肠部位发现病变”等。

现在业余生活丰富了，大家常看交响乐团演奏，观众进场要早一些。进入剧场，就会看到舞台上已放好了多台谱架，几十把椅子，各占一个位。其他音乐类演出基本如此，观众们一入场，都会看到这种场面。舞台上乍看挺乱，仔细琢磨，很有规律：乐谱架放在椅子前；大提琴已经提前放在椅子边儿上，有倍大提琴七八架（也有多到十几架的），高高地矗在我们观看方向舞台最右边外侧的椅子旁边；竖琴、钢琴，需要时，都出现在舞台左后方；定音鼓、架子鼓，排在舞台最后；管乐，一般居于乐队中、后几排……这舞台上，一次演出，少则几十个位置，多则百余个，椅子呀，谱架呀，乐器呀，乱不乱？我们尽最大努力分析，也分不清哪个位置会坐上哪位演奏家。有时可知小提琴首席的位置将由哪位演奏家坐，比如青岛交响乐团小提琴首席是刘玉霞女士（博士），一般情况下她坐在第一小提琴、距指挥最近的椅子上（她的独奏音乐会，本人则稍后出场，站立演出。首席另外有人担任）。少顷，厅内灯光暗淡下来，舞台上的灯光亮了，舞台两侧门敞开，小提琴家们人手一把小提琴，与大提琴、倍大提琴师、管乐、打击乐手们等相继鱼贯登上舞台，台下为他们的“闪亮登场”热烈鼓掌。他们根本不用引导员（电视上颁奖时常见），每个人都很有把握地各自走到一把椅子前，坐下，不会错。椅子、谱架、乐器，不多，不少，正够他们使用。他们最前面的中间，还有一处二平米见方、二十几厘米高的小方台，有一副扶手。这是指挥家指挥演出的指挥台。此次演出期间，除了指挥，谁也不上去。

每次看到这儿，我都很感慨：每位乐师所占的位置，看上去多么简单的一块小空间，台下观众，上千人，都没资格上去坐；走上舞台的演奏家们都无一例外地找准自己的位置（定位）坐下，多么自信，多么准确，多么自然，多么淡定，多么超然，多么灿烂……

为什么这些"位"，分配、定位得如此精准？

常言道，"台上一分钟，台下十年功"。能坐到舞台椅子上的演奏家，此前在学习乐器、练习技巧方面所下的功夫，不会少于十年，有的需要二十年甚至更久（极特殊天才除外）！遑论准确认定各自位置！

学好一样乐器，达到可以进入交响乐团胜任演出要求的水平，能在公开演出的舞台上确定自己一个位置，个中艰辛，非亲历者，难有深悟。要知道，还有很多同样有水平的演奏家"望'位'莫及"呢！

再看台下观众，每个人也都有自己的位置，一般不会乱；有时不限座号，可以乱坐，但剧场外没票的人进不来，场内秩序根本上还是不乱。观众中，可能有几位本来有资格坐到舞台演奏位置上（因他们演奏技巧也很高超、娴熟），但由于种种原因——或这次是来观摩的，或已在别的乐团里工作，或招考时发挥得不理想，或自己的名额被顶替（至今还在上火！），或刚从这个团里调出去，另有高就等——导致没能坐到台上去。很明显，此时他们如果坐到舞台某些位置上，刚才上台那些人中间必然会被顶下几位。总体来说，一次音乐会，舞台上、下的位置定人、定数是必然的。不具备条件，进不了剧场，坐不到台上、台下自己的位置上去。

此次坐到演出位置上的每一位演奏家，都是通过个人奋斗才占据了如此珍贵的位置，必然格外珍惜并尽心努力。他们对每次演出都不会掉以轻心。在其位，一定要谋好其“政”，尽自己的最大力量，兢兢业业奏好每一个音符，让演出获得最大成功。这是每位音乐家最基本的“道德自律”，也是让自己一生取得成功的根本保证。他们的表现总会获得观众赞誉，一阵阵热情洋溢的掌声就是最好的证明，他们在适合自己的岗位上做出了贡献。其中有没有演奏家觉得在这样的位置上工作委屈了自己呢？我们不得而知。但他和大家一道很好地完成了演出，我们也要肯定、赞赏。

在适合自己的岗位上做出成绩还不算难，难的是在不适合自己的岗位上依然埋头苦干，奋力拼搏，为祖国和人民做出贡献。

又如足球比赛。双方参赛报名各 22 名队员，各队首发阵容十一人，其中有一名守门员。其他十来名队员暂时坐到场边椅子上，是谓替补队员，也被谐称为“板凳队员”，等待教练随时召唤、上场。首发队员了不得，那都是这支球队中的“大腕儿”，每个人在场上，都有自己的位置，个个非常重要。像当年的贝利、马拉多纳，后来的罗纳尔多、贝克汉姆、C罗、梅西……

就算“板凳队员”，那位置也了不起。皇马、巴塞罗那、AC米兰……这些队里的板凳队员，多年来无不是“风里来，雨里去”，摸爬滚打，练就一身好功夫，身价也是动辄数百万欧元、美元。没有几把“刷子”，觊觎场边的“板凳”，别想，门儿都没有。这些场上、场下（板凳）位置都已定好，绝对不乱。

那么观众位置乱不乱？当然也是基本不乱的。场内观众，每人都有自己的位置，是花钱买票（当然也有贵宾票、赠票之类）进来的，但是观众若想上场或坐到替补板凳上去，同样门儿都没有。

再如乒乓球。世乒赛、奥运会，上场比赛的运动员可不一般，那位置，如何能够争到手？没有多年层层拼搏的历练，挫败、碰壁的锤炼，想在世界乒乓球比赛的台边站一站，怎一个难字了得！

场上观众，每个人也有自己确定的位置。有时，看台某处观看效果好一些的位置出现空缺，有的人会赶快换过去，这属于“自调位”。

足球、乒乓球……其他所有运动员们，无疑要时时“在其位，谋好其政”。（题外感慨：在这个基点上，中国足球的问题很明显了，在其位，不谋其政、歪谋其政，导致乱象横生。中国足球何时才能真正吸取教训，取得点儿成绩？）

日常生活中，在幼儿园、小学、中学、大学，工厂、部队、科研单位……每个人都有自己的位置。是不是可以这样说：每个人在这个世界上，时时刻刻都有自己的位置，所处的位置又都有某种事先的要求、规定、约定、条件限定？

看来，一个“位”字不简单，一个“位”字有文章。

我想，每个人到这个无限美好的世界上走这一遭，一来（生）、一去（死）这两个瞬间，自己说了不算（自杀者另当别论），完全由别人或自然规律确定。

其他时间段如何“定位”各有特点。

婴儿期和上幼儿园、小学时，小孩子什么也不懂，大人叫他如何就要如何，让他去哪所幼儿园、小学，他必须去。自己一点发言权没有（或很少，比如哭闹非常厉害者去不成），自己说了完全不算。

再往后，随年龄一天天长大，每个人在社会上所处位置，有时，别人说了算的多，自己说了算的少，像小学升初中。这时，多数孩子的情况是划片儿分配学校，自己说了不算；有某些特长生，有特长嘛，自己说了算的成分会多一些。再长大些，别人说了算的少，自己说了算的多。比如考高中、大学。这时，中学生自己的学习成绩很重要。现在升学考试讲究凭成绩录取，提倡“绝对公平”。能不能真正完全做到是另一回事儿，不像以前某些时期，讲究“阶级路线”，对很多出身“高（即不好）”的人来说，一般性的公平也说不上。如今，中考、高考，录取看成绩，成绩表现出的学习水平，显示着这些年寒窗苦读的效果。升入高一级学府深造，学习位置的选择和确定，基本看个人考试成绩。这些位置的确定，主要看自己，看自己的努力程度，属于自己说了基本算数的情况。

等到进入社会，每个人在社会上的位置是白领、蓝领？还是金领？一般情况下是凭自己能力决定的，此外，毕业成绩也很重要。

一个人，一生之内在社会上的位置会经常变换。

这些变换的复杂，非如此随笔短文探讨的内容，需要每人在社会生活中参与、历练、奋斗……

我们要把握好主观、客观的因素，为自己定好位，让火热的青春、绚丽的人生焕发出无比夺目的生命之光。

# 10

# 说『数』

“数”，是多音字，有 shù、shǔ 和 shuò 三种读法。本文只就第一种情况浅谈一点拙识。

“数”(shù)，是名词。比如：数量、数额、数表、数词、数论、数轴…… 它可位于双音词组中，比如：有数、实数、识数、数(shǔ)数、得数、没数、次数、(钟)点数，等等。

在学习中，最重要的课程无疑是语文和数学。

婴儿的语文学习，从“爸爸”“妈妈”开始；而数学的学习，则从分辨和数准 1，2，3，4，5，6…… 这些正整数开始。有的婴儿开窍晚些，数不大清楚数。给他两块儿糖，可能说成“三”。大人会开玩笑地说：“这孩子，不识数(没有数的基本概念)。”

孩子们上学后，会陆续学复杂些的数，如负整数：

−1，−2，−3，−4…… 如分数：1/2，1/3，1/4，1/5……

生活中，我们时时刻刻离不开数。

我们第二天需要早起，临睡前，为确定第二天起床时间，要拨闹表："明儿早上几点起？四点还是五点？"这里，"钟点数"四、五，需要明确。时间的准确很重要。

清早去菜市（或早市）买菜，白菜多少钱一斤？五角还是六角？要搞清楚。购物所花的钱数，精准很重要。

坐公交上班或出行。"坐几路车？""518 路。"5，1，8 这几个数要准确，错一个都不行，否则到不了目的地。

上年纪的人，很容易"三高"，"三"这个数，内涵太丰富了。血压、血糖、血脂各有标准，如偏高，立马要采取措施。

寿限，或曰天命，活七十、八十、九十 …… 这些数字很重要。

我们的劳动报酬，或曰工资，这个数的大小很重要。

小偷，偷了多少钱？这很重要。量刑与偷窃额度直接挂钩。

……

可见，生活中，"数"与我们的关系非常大，人人无时无刻不与"数"打交道。另外，从上举数例可见，量上的变化对我们的影响也非常大。这就是说，数量的变化，达到一定限度后，再继续变化下去，就会引起质变。

比如上举最后一例，针对小偷的罪状惩罚的依据，主要就是根据他偷窃物品金额的数量大小来确定的。

贪污腐败分子定罪，撇开生活作风、渎职、内外勾结等情况不讲，先要看贪污或受贿的额度大小。具体数额如何规定的咱不知就里，但超过一定的数额，量刑的轻重就大为不同了。

所以，任何事物，其发生量变或质变，“数”的大小都很关键。

零海拔高度条件下，普通的水（$H_2O$）烧到九十摄氏度还是液态（有少部分气泡出现），继续加热，一旦达到一百摄氏度，液态水就会沸腾，逐渐都变成水蒸气。

短跑、长跑运动员，在跑出较好成绩前，要在跑道上跑多少天、多少步？数不清。

但必须依靠一步步、一天天的艰苦积累，成绩才能慢慢提高。没有一天天、一步步的数量积累，不会有日后优异成绩（质变）的出现。这是尽人皆知的道理。

刘翔 110 米跨栏 12″88 的成绩，谁知道他为之跑了多少步？跑了多远的路？跨过多少栏？这个“数”的大小，只有概算，难以确记，但要取得好成绩，必须达到一定的“数”量才行。

对这种“数”量的大小，运动员心中有数。

另外一种情况是，在110米跨栏运动员中，刘翔这样创造世界纪录的人很罕见，绝不会“刘翔”层出不穷。“刘翔”的“数”是有限的。

在某些领域，“绝对高手”“天才”仅一两名而已，而且是在一定时期内大放异彩。过了适合天才表现自己的时期，天才的光环也就黯淡了。

就是说，一个人，自己能不能成为天才，探索一段时间后，心中要有数；成为天才后，能在该领域的顶尖高峰屹立多长时间，心中也要有些数。

人老了，有时间学一些养身益寿的艺术技能，无疑是大好事，但千万要知道“外面的世界很精彩”。很多技能，没有“童子功”的锤炼，进入晚年，下多大功夫也不能达到化境。

有点儿农业生产知识的人都知道，农作物的播种期非常严格。这不是人规定的，是自然规律。过了适合播种的时间，哪怕只有一天，播下去的种子，能发芽，也能长成植株，也开花，也结果，但果实却只会成为秕子，极难有收获。

对这一点，心中一定要有数。所以，老年学艺，定有所得，但心中要有数，不可期望过高；欲成名成家，恐是梦想。有些无书法功底的中老年朋友学练了数日、数月乃至数年国画，自己觉得也可以了，提起笔来一落款儿，立马露怯。为何？基本功欠缺所致。我们知道，“书画一家”“书画不分家”

这些经验之谈，讲的就是基本功问题。任何人，动了中国毛笔搞书画，离开书法基本功训练“打底子”，不会学成高手，何况晚年学此艺。

不首先踏踏实实地磨炼几年书法基本功，把名家大、小楷书帖好好临一临、摩一摩、练一练，而奢望走捷径成书画家，难有所获。

世界上还有些对自己没数的例子。

阿基米德说：“给我一个支点，我能撬动地球。”

这是他的理论计算：阿氏自身的力气把地球撬动一厘米的距离，能计算出来杠杆是需要极长的力臂的。这问题就来了。凭阿氏有限的寿命，无论如何也走不完这样遥远的路程。

他一个人借杠杆做功，力臂太长，在他有限生命岁月中走不完这么长距离，撬动地球的伟大壮举，不可能做到。这位大数学家开了个没有数的“小玩笑”。

我国一位写了多首流行歌曲的作曲家，一次参加专题节目。节目末了，按惯例，主持请他对弹琴的人讲几句话。他很豪迈地说：“我希望他将来成为贝多芬、莫扎特那样的音乐家！”

如此“豪言壮语”立时博得场内热烈掌声一片。

观众的掌声出自一片真情。这“豪言壮语”却是没数的谬说。这不是观众的失误，实在是出于此作曲家没有数的误导。

贝多芬、莫扎特，是什么样的音乐家？

这里，我们不妨称弹琴的孩子为“钢琴神童”。

贝多芬、莫扎特的传记中，也都称他们为钢琴神童。只是他们那个年代没有录音机，钢琴水平无法比较。

若这位琴手与贝多芬、莫扎特这样的音乐家相比，只有看音乐作品了。

莫扎特出生比贝多芬早，我们先看莫扎特。

莫扎特（1756 年 1 月 —1791 年 12 月）只活了 35 岁，英年早逝。但其一生在音乐上的才能罕有可比者。

莫扎特出生在一位宫廷乐师的家庭。3 岁起显露极高的音乐天赋，4 岁跟父亲学习钢琴，5 岁开始作曲。1762 年，6 岁的莫扎特在父亲的带领下到慕尼黑、维也纳、普雷斯堡作了一次试验性的巡回演出，获得成功。

莫扎特短暂一生写出了大量的音乐作品，体裁形式涉及诸多类别，留下了许多不朽的杰作。其中包括 20 余部歌剧、41 部交响曲、50 余部协奏曲、17 部钢琴奏鸣曲、6 部小提琴协奏曲、35 部钢琴小提琴奏鸣曲、23 首弦乐四重奏，以及数部小夜曲、舞曲及宗教乐曲。音乐作品数量很惊人。

贝多芬（1770 年 12 月 1 日 —1827 年 3 月 2 日）享年

57岁。4岁时就学习小提琴和钢琴,8岁公开表演。

贝多芬30岁那年创作了第一交响曲。一生创作了九部交响曲和多部钢琴协奏曲、小提琴协奏曲等。《第三交响曲(英雄)》《c小调第五交响曲(命运)》《F大调第六交响曲(田园)》是他享誉世界的代表作。

我们这位作曲家说出来的“豪言壮语”,是不是显得苍白了些,太没有数了些?这里面有没有隐含自己或将成为类似莫、贝级音乐家的含义?不得而知。

其实,弹好钢琴就可以了,何必非要和莫扎特那些人相比?与莫扎特、贝多芬们比肩的钢琴家、音乐家,只有那个地区、时代才可以出,而且一去不返,后人难及。

这是一种历史现象。各国、各地区、不同的时代,造就不同的人才。

正如中国唐诗宋词。如果某“老外”研究了几天唐诗宋词,也写了一些“诗词大作”,就要和李白、杜甫、苏东坡他们比高下,如此没有数,岂不是笑话?

所以,一个人一旦对自己的根底没数了,不经意间常会闹出笑话。

鉴于此,我们普通人要不断提醒自己,千万要注意做到对自己有数,否则容易闹笑话。能否真正做到这一点,需随时严加注意对各种“数”的准确把握。

# 11

# 说『狗』

“狗”，学名犬，一种哺乳动物，现在与人类的关系比较紧密。人类进入地球动物生活圈以前，狗都是野生的，与狼差不多，同属于犬科下的不同亚种。人类的捕猎活动，渐渐把捕获的野狗驯化了一部分，狗得以进入了人类生活圈。当然，还有很多狗在野外生存，无人家可归。所以，狗，现在有野生与家养的区别。

某些种类的野生犬科动物，比如非洲野狗，又叫三色犬，犬科但非犬属；亚洲野狗，也就是豺，犬科但非犬属；澳洲野狗，犬属，与非洲和亚洲的野狗不同，实际上是由原住民带到澳大利亚之后野化的。这些野狗的历史都比较久远了，最远的可追溯到 12000 多年以前。

由于野狗（由家养转而“野”了的，为流浪狗）离我们比较远，关系不大，就先来看看家养的狗。

城市中家养的狗现在一般都叫“宠物”了（农村恐怕还叫狗），要不不文明，显得太“土”。

有人说，狗是人类的朋友，所以在家里养条狗当宠物（也有养好几条的），以做到名实相符。笔者一生都把狗叫作狗，土得要命。现在，那么多人改口叫狗为宠物，我还是改不过来。就像家乡话，口音一旦定下来，终生难改。所以，尽管很土，也只能土到底了。好在这也不是什么原则性问题。不过，很多关乎宠物的词儿，还是要用“狗”。比如，“狗急跳墙”，换成“宠物急跳墙”不行；“狗屎堆”换成“宠物屎堆”，也不是那么回事儿；“狗腿子”换成“宠物腿子”，说不过去。其他的也差不多。所以，关于“狗”，在语言的应用方面，还是不能改成“宠物”。

涉及狗的词，总是不太好听，如狗改不了吃屎、狗皮膏药、狗头军师、狗尾续貂、狗嘴吐不出象牙、狗眼看人低、走狗、狼心狗肺、狗咬吕洞宾，还有“一犬吠形，众犬吠声”……也就是说，汉语中涉及狗的词儿，总是缺乏美感。

怎么回事儿？

这恐怕和狗的本性有关。

比如，“狗仗人势”和“看家狗”这两个词，意义上有所不同，细析，又相通。

两个词中的狗都离不开人。

前一词中狗之特性，是说它其实心很虚，没有人不行，“仗人势”后，才能有所作为，才敢狂吠，甚至很可能咬人等；后一词中之狗，主要是展示狗的另一特性：具有护卫主人的品质。从这两方面看去，其共通处在于对主人的依赖和忠诚。这，是不是狗之所以是“人类朋友”的主要原因呢？

但是，一家养狗亲一家，危害总是他人大。所以，现今，在城市里，当一条狗对自己主人表示极度“忠诚”时，对左邻右舍的危害就大了。回想在祖国历史上的危难时期，有些患“软骨病”者做汉奸，如汪精卫等认贼作父，走狗的本性显露出来，对人民的危害自然大了。像人们常说的“狗腿子”“黄狗子”，也都是这类货色。

那么，关于“狗是人类的朋友”，应当如何看待呢？

实实在在地说，朋友终究只是朋友，而不是一家人。从组成社会的细胞——家庭来看，在同一个私密生存空间（居室）内生活的成员之间，一定要有亲缘关系。朋友是不太可能在别人家里久住的。

战国四公子各收养不少“朋友”的故事大家都知道。不过，严格地说，他们都不是四公子的朋友，更不是他们的亲人，而是豢养在他们家中，有某些“一技之长”的食客或人才。《史记》讲述过这样一些食客的“经典故事”，“鸡鸣狗盗”即其中之一。

“鸡鸣狗盗”这个故事说的是,战国四公子中的孟尝君田文(其余三位分别是楚国的春申君黄歇、赵国的平原君赵胜、魏国的信陵君魏无忌)任齐国相时,手握重权,家里养了食客数千人。

一次,孟尝君出使秦国遭受危难。关键时刻,跟随他出行的一个善于钻狗洞、偷东西的食客和一名会学公鸡打鸣的食客挺身而出,帮孟尝君逃出了秦国。后来,世人一谈起孟尝君田文先生,多认为他是爱惜人才的模范,这个故事被传为千古美谈。

然而,王安石评论田文此“爱才获救”之典说:“鸡鸣狗盗之徒出其门,此士之所以不至也。”正由于田文把“鸡鸣狗盗”之徒都网罗到自己门下,真正的士子贤达就不会到他那里去了!

狗盗,绝非善举,以狗盗之徒相助,证明麾下缺少谋士;善鸡鸣,绝非高招,有黔驴技穷之嫌。

狗养在家里,其实成不了朋友。狗,一介畜生而已。有时表现一点儿灵性,似通人意,其实与“朋友”概念风马牛不相及。如一定要说“狗是人类的朋友”,那么,所有的动、植物都是人类的朋友,疏密关系有所不同而已。

# 12

# 说『跑』

“跑”的一般意义是说，人或其他动物比走要快的、双脚（或四蹄、爪）有腾空时间的向前运动。

跑，在人类生活中有很重要的意义。

因为跑比走快，生活中，遇到急事儿，当走着赶不上趟时，一般人就跑着赶过去。如乘公交，眼看着自己要坐的车快进站了，自己离得还远，就赶快跑几步追上它。

遇到不利情况也要跑一跑，如回家（或上班）路上，突然下起了雨，赶快跑几步进到家（或单位）里去，别让雨淋得太厉害。要是路还很远，就跑几步找个避雨的地方躲一躲。

说到底，跑是人类趋利避害本能的一种具体体现。

跑几步追上公交车，就可以少等一会儿，时间上对自己有利；下雨了，跑几步，躲开雨水的袭击，避开大自然的危害。

原始人为了生存，集体围捕野兽，经常需要奔跑；同样，为了躲避野兽的伤害，也经常需要奔跑。在这些不断地奔跑当中，人类既获取到食物，避开危险，体魄也得到了很好的锻炼。

后来，跑从人类生存所需技能中剥离出来，成为人类健身强体的重要手段，成为各种运动会上常见的比赛项目。

跑有很多状态：慢跑、中跑、快跑。这是以速度来分的。

前两种，一般用来健身，特别适合老年人。锻炼时，最好是慢跑，慢慢儿“颠儿”，让全身动起来，增进血液流动速度，促进新陈代谢。每次持续半小时以上，很有好处。

未进入老年时，用中跑锻炼也不错。对已过花甲的人来说，中跑的速度已不太适合，要慢跑。

至于快跑，那是年轻人和孩童们的专利了。

快跑，对人的好处更大，可以增强心血管功能，增强肺活量，增进人的活力，增强精神。适当从事跑步训练的人，步履轻捷，精神焕发，活力洋溢，给人以健康的美感。

快跑到一定水平，可以转化为谋生手段。奥运会的跑步比赛，都是以速度的快慢来定胜负的。

奥运会田径项目，有 100 米、200 米、400 米、800 米、1500 米、5000 米、10000 米；再长，有马拉松。还有增加难度的，如 110 米跨栏及 3000 米障碍赛等。

室内赛另有不同，不一一列举。

这些比赛，都是以速度见分晓。刘翔的 110 米栏的成绩曾达到 12″88，很快，很不容易，打破了当时世界纪录。后来，一个叫梅里特的，把这纪录提到了 12″80。这跑速，快得有些可怕。估计这世界纪录很难被突破。

男子 100 米是田径赛中的王冠之赛，因为它凝聚人类速度、力量、健美于一体。每当大型运动会，男子 100 米比赛都是大家的焦点。

目前，男子 100 米世界纪录由乌塞恩 · 博尔特保持。

博尔特是牙买加短跑运动员，除男子 100 米以外，男子 200 米短跑以及男子 4×100 米接力赛的世界纪录也在他手中掌握着。他拥有以上三项赛事的奥运金牌，还是奥运会一百多年历史上首位同时卫冕 100 米和 200 米跑冠军的第一飞人。

博尔特属于短跑天才，不断带给人们惊喜。他的这一系列纪录，多少年也难有人打破了。

当年王军霞在女子 5000 米和 10000 米上辉煌了一段时间，从她以后，我国在这些项目上一是后继者乏人，再就是队内的师徒关系总出问题。

欧洲在 20 世纪 50 年代时，中长跑挺厉害。那时，捷克斯洛伐克一位名叫扎托倍克的先生，很厉害，在 1500 米、

5000 米、10000 米等项目上称雄多年。再后来，意大利的门内阿，在男子 200 米跑比赛中第一个突破 20 秒，很了不起。又如英国的塞巴斯蒂安·科，中长跑也很强大，后来还当上了伦敦奥运会筹委会主席。但是这些辉煌，都渐渐远去。近来，非洲中长跑崛起，有时甚至包揽某项目前三名。非洲长跑运动员目前在世界赛场上居绝对的优势地位。3000 米障碍赛、5000 米跑、10000 米跑、半程马拉松和全程马拉松等项目的世界纪录目前都由非洲人保持。

运动员在奥运会上夺冠后，往往可以改变命运，从不知名的穷小子，变成富有者。那原本贫穷的家庭，拮据的生活也可得到改善。

跑步跑好了，也是谋生手段，这没有疑问。问题在于参与者众多，相比而言，成功者就是极少数了。所以，对大多数指望通过跑得快来发财的人来说，成功的难度很大。

这也不奇怪。其实任何体育项目也都如此，拳击、足球、篮球…… 概莫能外。何况不少冠军、出过名的健将，日后潦倒、没落者亦时有出现，这里不再一一详列。

俗话说，“三百六十行，行行出状元”，很有道理。但在每个行当里，状元总是少数，多数人是以自己从事行业的一般水平来谋生的。

恰当的跑，能强健身体，这是根基；快到一定水平，自然对谋生有帮助，这是“副产品”。

每个行当里，绝大多数人都是孜孜不倦地经营以获利谋生，极少数人靠“夜草”暴富。

很早之前，跑，是人类获取食物的辅助手段。奥运会上把跑列入比赛项目。其实，奥运会上很多项目都是从生产活动中分离、独立出来的，比如跨栏、撑杆跳、标枪、射箭等。

运动，与生产活动密不可分，与身体健康密不可分。生命在于运动。为了幸福，我们要做到——活到老，运动到老，恰当使用跑（必要时改为步行）的方法强身健体，活出生命的精彩来！

# 13

# 说『退』

有言道，“急流勇退”“退一步海阔天空”。

可见，我们生活中，“退”，占据着一定位置。

“退”，“进”的反义词。生活中，有退必有进。退与进的现象在生活中时时离不开。

清早出门儿，当我们从房间里出去（退出了屋子），就进入到屋外的自然界里去了。有退有进，同时发生。

相似的例子比比皆是。幼儿长到三岁左右，在某一天退出母亲自出生以来一段时间的呵护，进入幼儿园——一退一进；几年后，从幼儿园“毕业”进入小学——一退一进；小学到中学，到大学——几退几进。这就是人生成长的一个个阶段。以后，从学校毕业，退出以学习为主的人生阶段，找工作，进入以赚钱谋生为主的人生创业阶段。又如，调换工作有退有进，抑或又入学校进修也有退有进，出国学习同样……这是诸多退与进。

“退”与“进”是对立的双方，彼此互相对立，互相依存。没有“退”，不会有“进”，反之亦然，在采取一定的“进”的姿态时，一定会有与其相对立的“退”的状态存在，反之亦然，如前所举数例。

有一种“退”发生，必然有一种“进”产生，进退之间，生活绵延不绝。

退休前，整天为工作忙忙碌碌，对工作质量要极端审慎，对同事关系要细心处理，对领导关系要慎重处理……生活的重点在工作之外当然还有照看家庭、父母，养育孩子等。

退休后，工作问题不存在了，私人的、家庭的问题成为重点。孝敬父母，照看、培养第三代，战友交往，联谊聚会……生活的重点差不多全在家庭及其周围。

从工作中退出，立刻进入退休生活。一退一进，没有间隙，不能喘息，这就是生活。

有言道：“进一步风高浪急，退一步海阔天空。”不能急流勇进，那就激流勇退吧。急流勇进是英雄，激流勇退更是一种策略。进退之间，彰显英雄本色。

其实，从个人生活，特别是退休生活来看，没有必要说得如此严重。

老年人从工作中退出，进入一种也能有意义、有价值的生活，别有一番风采。关键看自己退得如何，进得怎样。

退，要收放自如；进，要笃思慎行。

此言何谓？

有友退休后，生活闲暇，经常参加娱乐活动。休闲娱乐须注意收放自如，不可迷恋其中。时有牌友、酒友猝逝于牌桌、酒桌前的消息见诸报端，即玩牌、饮酒时的“退”“进”关系没有处理恰当所致。

有友退休后，精神闲暇，寻觅寄托之所，信仰诸神。当社会，对此多有赞赏词语相加，似在鼓励，实则谬也。浩瀚太空，何得神祇？茫茫宇宙，何得天帝？如今，广寒宫里“玉兔车”驰骋，荧惑星（火星）上“好奇号”梭巡。神祇天帝何人得见？

所以，人云亦云，以为神祇可信，实大误也。

当今，人们对于世界的认识，不外乎两大派：唯物论和唯心论。前者相信世界是物质的，认识问题、分析问题都从唯物论观点出发，从整体上知道各种神祇都是不存在的，地球不过是整个宇宙间极其微小的一粒尘埃。人类的出现和进化，更是地球发展变化历史中一段小插曲。我们对其开始，现在只是略知端倪；其终，神秘莫测，谁知道？地球的预期寿命约 96 亿年，现在已经度过了 46 亿年，处于中年期。人类出现至今才多少年？二三十万年、五十万年、七十万年的说法都有,与地球寿命相比,差多少?

如果有一部数万页的巨型地球进化史教科书讲述地球的发展,人类的事情,不过最后一页最后几行而已:(二十五万年前)出现早期智人,进化,发展,导致地球面貌大变……

人类有文字记载的历史,大概在五六千年吧,与地球寿命相比,又差多少?

地球与各路神仙是什么关系呢?神仙造地球,还是地球孕育神仙?各路神仙是在何时、何处、如何出现的呢?现在世界通用的纪年法,不过才两千多年,纪元元年以前,各路神仙是如何生活的呢?

有神论学说的基点是“神创造了人”。外国的咱不敢说,中国是“女娲”。不过神话中讲女娲造人时,也没离开物质——泥土、黄泥。没有泥土这最基本的物质,也还是“造”不成人。所以,有神论尽管一再强调精神的第一性,但千言万语总离不开物质这个最重要的基础。没有物质,没有劳动的双手进行科学研究,改造世界,进行物质生产,恐怕任何“神学讲座”也无法进行,不是吗?设想地球上所有人每天都只祈祷、念佛、讲经……那么大家吃什么?喝什么?住什么?穿什么?

更何况,仅银河系中,类地行星就可能达到100亿颗!

如果每颗行星上都有一个“造物主”，这就是100亿个女娲呀！加上别的各路神仙，比地球人多老了去了。它们中间，谁是万能的？谁又创造了谁？

不过，任何道理成为真理的条件，不在于信奉它的人多么有名，多么众多，而在于这道理是否符合客观事实，是否符合事物发展规律。只要对哥白尼、伽利略、布鲁诺因坚持真理而发生的故事多少了解一点，就可以明白了。

几百年过去了，哥白尼、布鲁诺推翻“地心说”、倡导“日心说”的基本观点，至今还没有被一些人接受。这，究竟是什么原因呢？

持“世界是物质的”观点的人，必然不相信人是某些神仙创造出来的。持与此相反观点的人则反之。

如果某同志一段时间内曾持有唯物论观点，日后某时又不持唯物观点，改持唯心论观点，这是从唯物论者行列中退出，进入到唯心论者队伍中去，也是“退”与“进”现象的一种。这位同志，不可能既是唯物论者，又是唯心论者。

我一直搞不明白，某些同志这种认识上的变化，是如何发生的呢？前半生、前大半生都是唯物论者的人，到了中晚年，在自己世界观、人生观早已成熟、定型的情况下，如何瞬间发生180度巨变呢？

从事过教师职业的人，都明白为人师表的重要性。实际上，岂止教师，每个人在社会上行走，无时无处不在为人师表。孔子“三人行必有我师焉”这句话大家都知道。每个人日常生活中的一言一行，对周围的人都有潜移默化的“教育”作用，非正，即误，岂有他哉！这种广义的教育意义，某些时候，比学校里的口头说教作用大得多。

每个成年人生活在社会中，都有一定的社会责任要履行。我们应当主动、自觉承担起这份责任。正确认识世界，始终坚持正确的世界观、认识论，认真严肃地履行好自己的人生责任，应当是每位成年人的不二选择。

人人无不时时面临“退”“进”交替。要坚持符合物质发展变化规律、社会发展规律的世界观、人生观、历史观；要正确把握自己的生命轨迹，不要自觉或不自觉地退出正确认识领域，误入错误认识范畴，导致走偏生命之路。

持有正确世界观的人，在世界观这个问题上，万万不可“激流勇退”。

人生道路千万条，相信真理是信条；慧眼识途莫错选，进退恰切康庄道。

确否？

知音者识，则吾心已慰。恐难求持异议者认同。

# 14

# 说『洗』

“洗”，偏旁三点水，意为用水去掉物品上的脏东西。

洗，有本义和引申义。

先看本义。

常用常见的如洗脸、洗手、洗衣服……都是，很简单。

不过，洗东西时，一般还要加点辅助剂，现当代是肥皂，古代人用皂角。再远古时用什么？待考。

这是科学技术发达前期的情况。

后来，石油衍生产品被开发，汽油、煤油这些液体诞生，“洗”义又有了新领域，不仅限于用水洗。很多油类污渍用汽油、煤油来洗，方便得多。再后来，出现了稀料。“洗”，再次开拓了新领域。比如，普通油漆都是由成膜物质和溶剂组成的。成膜物质没有味，有味的是溶剂，俗称稀料，稀料在空气中散发出来就形成油漆的气味。通常所说的各种稀料是指香蕉水等，是由各种有机化合物组成的，如苯、甲苯、二甲苯、丁酯等。这种稀料清洗某些物质比汽油、煤油又容易多了。干过一点油漆活的人都知道，手上不小心沾了点油漆，用一点稀料轻轻抹一抹，那油漆立马溶化，再用肥皂洗洗就解决问题了，煤油、汽油都不如稀料好用。

“洗”的本义再扩大，在清除污渍方面都是一致的。

但生活中，常常用到它的引申义。

比如“金盆洗手”。字面看，在金盆里洗手，家里一定很有钱，大概是皇帝或富翁。实际说的不是那么回事儿。

又比如“洗心革面”。心是不可能拿来洗的，只是比喻人决心改正错误罢了。还有“洗耳恭听”，表示一种很谦恭听取意见的样子，实际上并没真把耳朵洗一洗。出现“洗耳恭听”这个局面，起码要有两个人，两位可以真诚相见的朋友之间才能出现这种局面。听者“洗耳”，这是很谦恭和真诚的样子，在认真听对方讲出意见。做到这点很不容易。所谓“忠言逆耳益于行”：听对方的话不顺耳，但感觉是对自己好（是忠言），有利于自己改正错误，有利于今后的行为，故欣然纳之。对方其实更不容易。能够真诚地给朋友提意见，首先要确信自己在这个问题上比朋友认识正确；其次，知道对方可能不很愿意听，但事关重大，又必须当面讲一讲。这朋友无疑一位诤友。

诤友不好做啊。进言的人要有胆量，敢于讲诤言；听的人要有肚量，听得进，善于接受。双方都够水平，才有“洗耳恭听”的场面出现。否则，一方讲了诤言，另一方不接受，那就“悲剧”了。普通人可能从此分道扬镳；居高位者中间出现这种诤言不被接受的局面，就很麻烦，甚至一方可能有性命之忧。生活中此类实例太多。

魏征青史留名的《谏太宗十思疏》无疑属于前种情况。

后种情况就不必多说了。起码，“穿小鞋”的情况会屡屡出现。

随科学、医疗技术不断发展，“洗”义又有了新领域。

“洗肠”“洗胃”…… 都是医学上的专有名词。这里的“洗”，与人类最早使用“洗”字的概念和意义都很不相同了。现在一说某某人到医院“洗肠”“洗胃”，没有人会觉得真把他的肠胃拿出来洗了洗。

医学上这些“洗”的方法，个人都不能自行操作。

医学上，医生针对病人的“洗”有好多种。比如还有“洗眼”。某人的眼不好，医生给他用药水冲冲，也是一种“洗”。这种治疗方法，除去治疗作用，在某些层面上与人类一开始“洗”东西的意义有些类同。但自己也不可擅自操作，一不小心会出“娄子”的。

那么有没有又可以治点小病，又可以自己操作的“洗”法呢？回答是肯定的。下面笔者根据自己的生活积累，向战友、朋友们推荐一种可以自行操作，又有一定保健、治疗功能的“洗”：“洗舌”。

随着年龄一天天增加，许多人（不能肯定说所有人）都会口腔干燥，舌苔增厚，半夜醒来尤甚。不少人要起夜如厕，饮水。这时，“洗舌”程序非常必要。

何谓“洗舌”？

就是漱口。但是比一般的漱口更细致、全面。

起夜时饮水非常必要，最好是温白开水。饮用前，一定要好好漱口，漱三四遍。用平常的漱口动作，每遍多做一会儿，舌头在嘴里上下来回多翻动几次。必要时，用舌头把嘴唇也反复擦抹几遍。把口腔里的污秽、杂味儿、好长时间集聚的黏稠唾液等一口口分几次都清理干净，漱口水吐干净，再喝几口温水，顿觉周身舒缓，循环顺畅。躺下入睡，有利健康。

同样道理，白天饮水，也要经常漱口，如此“洗舌”。

我们的口腔，一和五脏六腑相连，二和体外环境相通。体内、体外各种细菌，有益的、有害的，都会在我们说话、进食、呼吸等瞬间内随意进进出出，过不多长时间，口腔里的细菌积累就会达到一定数量，谁知道它们会对我们身体造成多大危害？

所以，一天中，每隔一段时间，比如当我们要喝水时，都先把口腔清理清理，“洗洗舌”，把有害的（当然也会有一些有益的）细菌清理出去，再喝下去的水，那可就干净多了。

以笔者经验，若两次饮水间隙超过半个小时，喝水前就有必要认真漱漱口。

坚持饮水前“洗舌”，过一段时间，你会发现，舌苔能够变得正常起来，口腔里也清爽多了。两颊齿舌生津，都是微微甜丝丝的，人也会精神得多。

不过，如果如此“洗舌”若干天后，舌苔情况不见好转，还是要请医生诊治，不要把小病拖成大病。“洗舌”终究只是一种口腔保护性措施，根治不了什么病的。

具体归纳一下，每天需要“洗舌”的时间节点大致有饭前、饭后、两次饮水的较长间隙、起夜、外出回来等。

尤需重视的是外出回来，除了要洗洗脸、手，“洗舌”也格外重要。一定要好好漱漱口，即便不喝水也要这样做。

大街上，汽车扬尘、雾霾、狗粪粉末……啊呀呀，想想从如此境界中逡巡而归，不好好漱口，身体何以堪！

2020年抗疫期间，外出回家，“洗舌”更显重要。

认为笔者此方会有功效者，不妨尝试尝试。别的不多说，此方对任何人都绝对毫无伤害（当然，漱口时一定要小心，别呛着了），且绝对有效。起码，“洗舌”可使阁下的口腔在喝水时保持干净，可对肠胃起到一定的保护作用。

要注意的是，“洗舌”只是一种清洁保健的辅助措施，不可夸大其功用。若患有与口腔有关的病症，还是要请医生诊治。

如此简便易行又很有价值的增进健康的手法，何乐而不为呢？

# 15

## 说『白』

“白”，不就是白颜色吗，有什么可说的？

有朋友看到这个文题可能这样问。

的确，字典上关于“白”的解释就是：物体被日光或与日光相似的光线照射，各种波长的光都被反射时呈现的颜色。

字典里以白字打头的释义有百多条。其中，有些是本义，比如白糖、白纸等。有的是广（借用）义，比如白酒，其实无色透明，不是白的。类似的还有白开水、白醋。有些是引申义，比如白拿、白手（起家）等。

我们这里要说的是汉语在生活中灵活运用，很多地方的使用灵活而又别具色彩的情况。

举个例子。

为某事儿忙活半天，可是没起什么作用——“今天这事儿白干了”“白费了力气”。

在格尔木农场浇过地的战友都知道，一块地刚灌满水，突然某个位置开了口子，堵了半天也没堵起来，水全跑出去了——“唉，这一阵子白忙活了！”

白忙活了吗？也不对。还要重来呢！要把口子堵起来，后几天找时间再重灌一遍才行。在这个意义上，比刚开始灌还要多出力呢。然而，这次跑水，也给自己好好上了一课：像这样的地块儿，都有什么要害“节点”需要引起注意，以后在这些地方再不能掉以轻心……所以，这次开口子可不是白干，既欠下了“债”，又吸取了教训，不是白忙活。

青春岁月里，好多战友参与过大干渠堵口子。干渠里带着水堵口子的活，绝非“惊心动魄”“惊天地泣鬼神”这样的词儿能够形容得了的。

特别是刚刚堵得差不多，渠道里的水呼啦啦又奔腾着倾泻出来……那时，什么感想？“这不白干了吗？”几十个人忙活一个多小时，大汗淋漓，气还没来得及喘几口，干渠又张开了恶魔般的大口，嘲笑着年轻军垦战士的羸弱无能！

是白干了吗？

绝对不是！军垦战士顶天立地，什么样的困难都能克服。虽然刚刚堵起来的缺口又被冲开了，但这让他们得以总结经验继续奋战。在关键时刻，十几位热血男儿奋不顾身跳进冰冷的昆仑山雪水里，用他们的血肉筑起新的渠堤，在其他战友和推土机的协助下，终于堵好缺口，保证了农田浇灌用水之需。

所以，很多看上去“白干”“白出力”的事情，内含不一般的丰富内容。

“白”，在一定语境里意义深远。

比如“空手套白狼”。为什么套白狼？白狼值钱！

这句俗语有让听者微微一笑的效果。

“白”，还常常有“空（着）”“空（白）”，也就是没东西的意思。

“空白”这个概念在各艺术门类中常见。

中国书法、篆刻中，空白（惯称留白）的运用非常重要。

“疏可跑马，密不透风”是篆刻中经常用到的构图思想。印章中，不刻字的舒朗位置可以跑起马来，多么宽松！密不透风，又形象地解释了尽可能艺术性少留空白的要求。看看，同样是空白，具体运用起来可不简单。

这种构图思想不仅在篆刻上很重要，书法上也如此。

“计白当黑”也是讲书法作品中空白的运用问题。结构和布局的安排和运笔一样，也是非常重要的。

凡作书画，既要注意黑的部分——字形笔画的密（实）处，也要注意到字画间及行间之白的疏（虚）处。黑处要精心结撰，而白处 —— 字里行间的布置也须措置得宜，使疏密有致，两者相映生辉。

王羲之的《兰亭集序》、孙过庭的《书谱》等著名法帖，除了运笔技法出类拔萃，也是空白运用的经典。

在其他艺术门类方面，比如音乐、绘画，甚至雕塑，“白（空白）”的恰当运用也很有意义。

比如音乐中的空白。

音乐经常运用空白（休止）来调节乐曲的感情或音乐故事的叙述节奏，产生不一般的艺术效果。

比较常见的交响乐各乐章之间，指挥都会示意乐队稍事停顿，让听众的思绪从前一个乐章缓缓转移到下一个乐章的主题中来。这时，听众不可以对前一乐章的演奏以鼓掌来表示赞美，而应该静静地等待下一个乐章开始。

有的听众不明了这里的含义，总是热情地鼓起掌来，对整部交响乐的完整演奏产生不利影响。

有的独奏乐曲也有自己特定的留白（暂停）阶段，乐段之间经常有一些必要的停顿，使乐曲在情绪上有适当转换。

这是一般情况，也有很特殊的。像钢琴曲中最长的休止（空白）是美国先锋派作曲家约翰·凯奇的一部音乐作品：《4分33秒》。

这首曲子分为三个乐章。但根据乐谱，从头至尾演奏者不演奏一个音。

有时候，钢琴演奏者在乐章之间会做出开合琴盖、擦汗等动作。而在这首乐曲的演奏期间，听众听见的各种声响都可以被认为是音乐的组成部分，因此具有“偶然音乐”的特征。这部作品常被称为“四分半钟的寂静”，在音乐界引起过巨大震动，是凯奇最著名的作品之一，也是20世纪最具代表性的经典音乐作品之一。他说：艺术和生活的界限应该被抹平，世界本身就是一件艺术品。音乐是一种从希望到失望到绝望的过程。

他这样的认识只是代表了对音乐艺术的一种见解，似也无可厚非。

《4分33秒》就是这样的一个过程：听众从“音乐”就要开始时产生的希望，随时间流逝，一点钢琴音乐也听不到，慢慢变成失望，直到最后，所有的听众都耐不住，音乐厅骚乱起来。这时，音乐家站起来，合上琴盖，“钢琴曲”结束了，所有人听音乐的想法都落空了。

当然，这特殊情况很少见，到目前为止，可能仅此一曲存世。这很好理解。能够如此“创作”音乐作品的音乐家，此前必须有坚实的、大量的作品做基础。这样，他在台上“留白”时间之始，才可以被别人认可。（否则，不管谁上台在钢琴前坐上一阵子就算演奏音乐作品，那不出大笑话了？）因为观众会期待他后面肯定有精彩的演奏。随时间慢慢流逝，观众逐渐明白了其中奥妙，这“乐曲”也就结束了。而且这样的“作品”不可能再有下一部。没有相当优秀的作品支撑着的人这样做，观众也不会如此“上当受骗”。

再如中国画。

齐白石，中国画大师，世界级的著名艺术家，那水平绝不一般。传说，一次有人向齐白石索要作品，给齐白石出了个难题，要他当场画一幅超大的画。多大？反正不小，六尺纸幅的吧，也许更大。总之，是很难当场完成的那种。

齐老先生一听，这不是找我难堪吗？可齐大师绝非等闲之辈，稍一思忖，立刻有了办法。只见他不慌不忙，在画桌上铺展好宣纸（六尺，也许八尺，也许更大），在一角（比如左下角）轻巧画好一位小顽童，然后在另一角（这时，当然就是右上角了），更快地画好一个风筝，然后手中画笔在风筝和顽童之间轻柔地画上一根细线。

整幅画没几分钟就画好了，顽童的神态、风筝的飘摇姿态、风筝线的力度无不恰到好处。这巨大空间中，三个形象相互照应，空白的运用绝妙极了。

也许有人会不屑一顾：哼，这画也忒简单了吧，谁不能画！然而，这画面里的功力可绝非一般。想想吧，那根细细的风筝线，如何从风筝那里有一定弯度地恰好“送”到顽童手里？而这画面的构思，更显出非同一般的艺术创作能力。

当然，这是传说，故事的真假难定。但留白的运用之妙，是有目共睹的。

还有电影中的留白。

苏联拍过一部反映列宁生平的电影。影片中，列宁去世的瞬间，银幕突然一片空白，画面、音响、对话、音乐都消失了，只有放映机灯光无言地照着那片银幕。观众看着银幕，沉浸在失去革命导师的悲痛中，时间分分秒秒地流逝，数分钟后，电影情节继续下去。这段留白恰到好处，给观众留下了回味、思考、悲痛的时间，丝毫不会让人感到前面这段空白出现有什么不正常。

后来，我们的一部战争题材电影，演到一位战士牺牲的场景，导演模仿上面这部苏联电影的艺术手法，银幕突然一片空白。没几秒钟，观众不愿意了："怎么回事儿？断片了？机器坏了？串片未到？"

这是电影导演借鉴艺术手法不当的结果。

艺术手法的应用，一定要配合适当的情节与氛围，否则很容易"东施效颦"。

下面再说点儿造型艺术中的"空白"。

比如《断臂的维纳斯》。

断臂维纳斯的石雕，大家都很熟悉，不过大多是听介绍、看照片,亲眼见过实物的不多。

笔者 2019 年去法国旅游,在卢浮宫有幸欣赏到此艺术珍品。

维纳斯是罗马神话中爱和美的女神,对应希腊神话中的阿芙洛狄忒。这尊石雕没有双臂,不完整,也就有了留白,给观赏者留出了想象的空间。这留白的价值非同小可。

据说它是 1820 年在希腊爱琴海米洛斯岛被发现的。雕像高约 2 米,用大理石雕刻。

有关资料介绍,石雕作者不追求纤巧细腻的风格,而以浑厚朴实的艺术手法处理。这座雕像后来被法国获得,成为卢浮宫的镇馆之宝,更是法国的国宝。

它是这样优美、端庄,简直美得使人无法想象。据说雕像在发现后折断了两个手臂,于是它就被人们称为"断臂的维纳斯"。这个名字流传开以后,"米洛斯的阿芙洛狄忒"这个原来的称呼反而被淹没了。

这座雕像自从被发现以后,一直被公认为希腊女性雕像中最美的一尊。她像一座纪念碑,给人以崇高的感觉,庄重典雅;但同时又温柔亲切,貌美婀娜,体态万方。丰满的胸脯、浑圆的双肩、柔韧的腰肢,都呈现出一种成熟的女性美。她既有女性的丰腴妩媚和温柔,又有人类母亲的纯洁、庄严和慈爱,体现了充实的内在生命力和人的精神智慧。雕像的躯体采取螺旋状上升的趋向，略微倾斜，各部分的起伏变化富有音乐的节奏感；下肢用衣裙遮住，舒卷自然的衣褶中显示出人体的动态结构，给雕像增添了丰富的变化和含蓄的美感。

女神的面部具有希腊妇女的典型特征：直鼻、椭圆脸、窄额和丰满的下巴。这正说明希腊的神是希腊人按照自己的形体来塑造的。

因此，创造完美典型的神像，实际上就是古代人对人的力量和美的肯定和歌颂。这座女神像鲜明地表现了两千多年前希腊人的审美观：力求外在美和精神美的统一。动人的躯体、端庄的容貌，体现着青春、健美和充沛的生命力，体现着内在的教养和美德。

作为一座圆雕，这座雕像可供四面欣赏，不论从哪个角度看，都具有统一而富于变化的美。尽管她双臂残缺，但仍然使人感到完好无损，给人以完整美感。以至于后世虽有很多为她复原双臂的设计方案，却都在原作面前黯然失色。这座雕像是当初就没有雕塑双臂，还是后来断掉的，已难以确知。

有一件说法是，这座雕像被发现时是完整的：维纳斯右臂下垂，手扶衣裙，左臂上伸过头，手里握着一个苹果，双耳还悬有耳环。

这尊雕像表达的是古希腊理想美的观念，当然应是完美之作。古希腊雕刻家在雕琢大理石像时，臂腕部分一般采取单独制作的方式，制作好之后再与身体装配在一起，所以，雕像毁坏时往往先从接榫处断裂，美神或许就是这样失去了双臂。

这在有的人眼中算是美中不足，而有些人则认为这是美到了极致的表现。难道你没有看到，女神虽失去了两臂，不更使人感到美神的“完好无损”吗？

有人评论说，这是残缺的艺术美。

我觉得，这也可称为留白产生的绝佳效果。对完整维纳斯的想象，每个人都有不同的答案，这留白的艺术空间多么宝贵！

正是因为失去了双臂，她不再是神话中妒忌成性的美神，而是一个纯洁、高尚、典雅的女人，一个真正意义上的美神。

留白创造了独特的艺术美，古今中外艺术家都在自觉、不自觉地应用着，也都取得了非同凡响的艺术效果。

艺术作品中，不要搞得太满，一定要留给欣赏者一定的想象空间，做到“言而不尽，意表不全”，以收到意想不到的艺术效果。

“艺术和生活的界限应该被抹平，世界本身就是一件艺术品。”约翰·凯奇这句话还是有值得肯定的地方。

我们的日常生活当然也有艺术性。如何恰当地给每天的生活留点儿白，让日子过得更有韵味，值得我们认真思考。

提到音乐、美术、书法…… 这些艺术门类里运用留白的处理方法，往往会收到别有韵味的艺术效果。

我国古典诗词中，也常有留白的运用，在涉及描写音乐时更是如此。

比如岳飞《小重山》，如下。

昨夜寒蛩不住鸣。
惊回千里梦，已三更。
起来独自绕阶行。
人悄悄，帘外月胧明。
白首为功名。
旧山松竹老，阻归程。
欲将心事付瑶琴。
知音少，弦断有谁听？

出类拔萃的人，很容易有孤独感，不容易找到知音。

"知音少，弦断有谁听？"弦断后，时空上一段绵绵空白，给读者留下充分的想象空间。

宋玉说，"圣人之瑰意琦行，超然独处"。

岳飞当然如此。《小重山》是他多年征战并受掣肘时惆怅心理的反映，用一种含蓄蕴藉的手法表达他抗金报国壮志未酬的苦闷。

心事重重抚瑶琴，琴弦不堪重负而断，沉重的感情也跟着“断”了……此时音乐难以为继，在难以言表的空白时间里，幽幽情怀谁可知？

琴弦虽断，我们却可从他付于瑶琴的心事里感受到他怒发冲冠的激愤，他莫等闲白了少年头的豪情，他对国家遭受耻辱的仇恨，他要从头收拾旧山河的雄心壮志。

作为一员武将，岳飞的词写得又如此高妙，怎不让人叹服！抚琴高手，激情难抑；悲愤寄托，琴弦骤断！留白手法的运用，更是令这阕词余音袅袅，令读者回味无穷。

比岳飞早生六十多年的苏东坡苏老先生在诗词上的造诣众所周知。

他写有好几首《江城子》，其中一阕题注“湖上与张先同赋，时闻弹筝”。

这是苏轼于熙宁五年（1072）至七年（1074）在杭州西湖通判任上某日（当是夏末、初秋时分）与当时已八十余岁的有名词人张先（990—1078）同游西湖时所作。其时苏“老”先生才36岁。

凤凰山下雨初晴，水风清，晚霞明。一朵芙蕖，开过尚盈盈。何处飞来双白鹭，如有意，慕娉婷。

忽闻江上弄哀筝，苦含情，遣谁听。烟敛云收，依约是湘灵。欲待曲终寻问取，人不见，数峰青。

东坡老先生不仅是诗词圣手，情怀也是高人一等。他的作品总有空灵、飘渺处。乍看平淡无奇，细品却是高妙超绝。

此词描写意念里的“湘灵”“弄哀筝”，营造出似真如幻、绚丽多彩的世界。不经意间“人不见，数峰青”，幻境中的一切烟消云散，回到了现实世界。这个现实世界还是西湖，借为湘灵所在的山山水水。只是，一湖如镜，数峰似染，景色恬静，给人留下悠悠思恋。

苏大学士没有正面描写“弄哀筝”的人物，反而写作者与友人听得入迷时，弄筝人已飘然远逝。只见青翠的山峰仍然静静地立在湖边，仿佛那哀怨的乐曲仍然荡漾在山间水际，言有尽而意无穷。

“人不见，数峰青”这留白手法的使用，和岳飞词“弦断有谁听”有异曲同工之妙，在意境上，更显细腻和悠远，亦令人回味无穷。

不过，读苏老这词时，我们总会想到唐代大诗人白居易的《琵琶行》。

白居易无疑诗坛高手，亦是乐坛行家里手，也是一位情圣。他的诗作里，对音乐的描写达到登峰造极的地步。读过《琵琶行》的朋友当然都清楚这几句：

“…… 别有幽愁暗恨生，此时无声胜有声。银瓶乍破水浆迸，铁骑突出刀枪鸣 ……”

白大师的诗文和音乐功底绝对非同凡人可企及。这里，“此时无声”明显是琵琶女弹奏时的暂停处理，乐天先生却由此留白中听到“胜有声”的丰富内涵，非情圣难臻如此妙境。

对此处之留白，诗文之前有所交代：“冰泉冷涩弦凝绝，凝绝不通声暂歇。”这是说清楚音乐停了下来。

随后“此时无声”，又与其后的“银瓶乍破”“铁骑突出”在情感上形成强烈对比，怎不极度震撼人心？

白居易这“此时无声胜有声”，无疑是诗文中描写音乐停顿 —— 留白，产生独特艺术效果的巅峰之笔。

留白，在诗词描写音乐时的适当运用，使文学作品的刻画更细腻生动，跌宕曲折，感人至深。

# 16

## 说『海』

“海”，一般称大海，是靠近大陆的大洋边缘，比大洋小的水域。

我国四大领海：黄海、渤海、东海、南海。

世界上有名的海：黑海、红海、日本海、地中海、爱琴海、阿拉伯海、波罗的海等，多得很。

里海、死海、咸海等虽称为海，实际是湖。

还有不少湖泊称为“海”，如青海、洱海、阳宗海等。

我们军垦战士熟悉的“马海”，情况更独特。曾询问过在那里奉献若干年宝贵青春的军垦朋友，“马海”之称从何而来，没得到明确答案。

北京也有北海，“让我们荡起双桨，小船儿推开波浪……”歌中表现出北海公园的迷人风光。

这处北海，当然都不是一般意义上的海，但是风景似乎更为神奇，加之“海”后面那厚重的历史，令人百感交集。

广西也有一处“北海”，那是单纯的地名。可能是指比那里更南边的位置说的吧。

海是美丽的。它波澜壮阔、气势恢宏、风云变幻、气象万千，有史以来诸多文人、诗人形容海的文字多如牛毛，但至今不能穷尽海的美丽、魅力。

一处大海，一处独特风貌。

现在很多人经常外出游览。一般人头几次旅游大都在国内。慢慢地，间或跨过海的一角或海峡，去日韩。也有人乘邮轮外出到加勒比海、美洲、南极，尽情遨游于大海（洋），到达另一片神奇的土地。

旅游就是离开自己住了多时的地方，到别人住腻了的地方去看看。走的次数多了，必然有些时候会在海上来回游荡，领略各处不同的海上风光而有些目不暇接。

海展现给欣赏它的人的魅力是无穷的。如果有机会在海水里遨游，更会别有一番滋味在心头。比如去澳大利亚的大堡礁旅游，就有“潜海”项目。那里，海水清澈，海水下面风光万千。有机会到那里游走一番，无疑人生一大快事。

海上活动，常有两类不同内容：纯观赏游览和为生计而忙碌。

游览性的海之旅，当然令人心旷神怡。比如大堡礁等秀丽海面下的潜泳。

为生存与海打交道，则是酸甜苦辣，百味人生。

困难那年，青岛很多人赶着潮水潜海捞海带，摸海螺，挖蛤蜊……吃不饱肚子往海里下潜的滋味，只有亲身经历的人才有刻骨体会。

据说，有的国家有潜海捞珍珠的工作。具体如何工作，笔者所知甚少，不能妄言。但把潜海当成维持生计的手段，个中况味，相比大堡礁的海下观景，恐怕不可同日而语。

人类数千年积累的知识，像大海一般浩渺、深邃、无穷无尽。所以，对人类知识来说，以“学海”形容绝不为过。

有道是“学海无涯”。学海，当然值得我们尽情遨游。

学海包括的范围广阔得很。这有如自然之海，每一处“海”（学习领域）都有其独特的风光和奥秘。

比如数理化、文史哲，音乐、体育、美术、建筑、服装设计……

难以穷尽。

以上简列数项，每项又可分为若干小项。

数学可分为：代数、立体几何、解析几何、微分、积分、数论……

物理可分为：凝聚态物理，原子、分子和光学物理，高能物理，天体物理……

化学可分为：无机化学、有机化学……

啊，这些可真是无法穷尽的知识海洋，都是年轻人、学者、科学家要学、要研究的东西，没有基础的老年人一般不可能再研究了。

还有些知识海洋，老年人可以适当选择投入其中遨游一番。

音乐：器乐（民族管弦乐、古典交响乐……），声乐（美声、民族、摇滚……）

体育：田径、体操、举重、游泳、球类、广场舞、太极拳……

美术：油画、中国画、版画、年画……

太多了。

在社会中生活，需随时不断学习。我们的生活，每日每时无不与各种艺术打交道：音乐、服饰、美术（中国画、书法、油画等）、建筑（凝固的音乐）、园林、室内装潢……

我们身边的艺术，无疑一方方大海，同样也有“艺海无涯”让我们领略。

每一种艺术，都有自己的特色。音乐、舞蹈、国画、油画、书法、戏剧、曲艺……随意想想，就令人遐思无限。

一个人，从降生开始，无不多多少少地接触各种艺术门类。因各种原因限制，最后以艺术作为谋生手段的，终究是极少数人。

大多数人要么与艺术做亲密朋友，经常习练、操演，从中获得愉悦和美的享受；要么日常生活经常欣赏、体会，同样获得美的快乐；要么有意无意地接受艺术的熏陶，走在路上，听到飘来的音乐声，振奋精神，看到路边花坛，欣赏到绚丽的色彩，看到五四广场、台东步行街的喷泉，得到心灵的净化。

海，值得一生遨游不停的美丽所在。

# 17 说『刀』

“刀”，人类用来切割、剥离物品的用具。

刀的好坏（快不快），关键在刃。俗话说，“好钢要用在刀刃上”。

刀，恐怕是人类很早就开始使用的工具。

动物们不改造、不创造世界。它们只知道各顾各，用牙、爪子撕咬食物，比人差远了，没法比，不会造刀、用刀。

旧石器时代的原始人，可没有今天这样方便的各种刀具，他们就找一块有棱角的石头慢慢“切割”。找不到，就把一块大石头砸开，这石头就有了棱角，可以“切割”东西了。旧石器时代的各种“工具”，都是锤、砸、摔出来的，没有那么精细。

到了新石器时代，我们的祖先学会了更多的工具加工制造方法。出土文物中，石头器具，比如石刀，都打磨得非常精致、好用了，比多少万年前仅仅靠把石头砸开制作的“刀子”好用多了。这旧刀演进成新刀，当然经历了漫长的艰苦劳动岁月。

人类，用劳动创造世界、改造世界。

所以，人类创造世界、改造世界的用具“刀”，必须有人制造出来，然后有人使用。

刀的演化历史无法详知。总之，从“石刀”进化成“铜刀”“铁刀”“钢刀”“合金刀”，又是漫漫长路。先辈们造刀、用刀的过程自然也是艰辛坎坷。

古时，各种刀具之间，材质成分上的区分好像不是很明显，很多铜刀就包含其他金属成分。铁刀、钢刀更不必说，大都是合金刀。

合金硬度好，又耐腐蚀，所以古人很早就开始制作合金刀了。

我国自古以来研制了数不清的优质刀具。

雁翅刀：古代兵器。又名金背大环刀。其刀背厚，刀头宽大，刀体重。刀背上有五至九个小孔，每孔内穿铜环一枚。挥动时，环击刀背，连连作响，声似雁鸣。用起来很威风。

吴刀：古代名刀。古时以吴地做刀最为锋利，故张华诗赞曰：“吴刀鸣手中，利剑严秋霜。”

戒刀：僧人佩刀。只供中国古代僧人出行时割切三衣（袈裟）用，不得用以杀生，故称戒刀。

这里简单说到的三种刀具，前两种都是兵器，主要用于战场。戒刀当然不能杀人。

现在，人类生活中使用的各种刀具已很丰富，切菜刀、水果刀、铅笔刀、雕刻刀……还有医生用的手术刀、伽马刀（实际上已不是刀，只是借用传统意义“刀”的概念）。这些刀都不是用来杀人的，而是为生活服务和治病救人的。

除此之外，还有杀猪用的杀猪刀。

以上所列切菜刀、杀猪刀等各种刀具，无不是为人类创造越来越舒适的生活服务的。

不过，林子大了，什么鸟都有。本是为改善生活用的刀，也有人用来杀人。

刀都是一面有刃。为了增强其功效，人们把原先的刀背也打成刃，成为剑。剑的作用和刀差不多，可用来切割物品，也可杀猪、杀牛、杀羊……当然，也被用来杀人。如辛弃疾有诗道：“醉里挑灯看剑，梦回吹角连营……”对敌人的刻骨仇恨和誓死捍卫国家的雄心壮志跃然纸上。

生活中的用具刀，不知从什么时候杀了第一个人，这没法考究。但刀杀了第一人后，其种类和功能在杀人方面发展得太快。

刀在打仗时杀人，那就是武器；刀在日常生活中杀人，那就是犯罪的凶器。

冷兵器时代，有刀枪剑戟等十八般武器。两国交战，兵器杀人，政治性往往掩盖残忍性，故而各种武器不断发展。到今天，全世界武器库变得多么丰富、强大！

对此，有位朋友说的话精辟而值得品味：杀猪的工具，几千年来就是一把刀；杀人的工具发展得令人难以置信！

是啊，杀人的用具，从刀到剑，到箭，到枪，到炮，到机关枪，到机关炮，到火箭，到导弹，到原子弹，到氢弹……

生活无疑非常美好，但也杀机四伏。

整个地球，人类相互间的战争从何时就开始了？其危险从那时至今没有消弭过。

有一些成语涉及“刀”。

比如刀耕火种、笑里藏刀、刀光剑影、借刀杀人等。

刀耕火种，人类历史中一个相当重要而且漫长的阶段，细品起来，甚至很有些故事。

其他成语如笑里藏刀、刀光剑影、借刀杀人等，给人感觉总是不好受。面对、耳听这样的语言，好像随时有性命之虞。

发生（用刀具的）凶杀案后，刑警必须追查凶器（刀具）和嫌疑人。但是定罪时，肯定只对杀人的罪犯判刑，作为杀人凶器的刀具，只是案件的重要证据。

前面简述的“刀”，都是狭义概念的器具。

在广义、引申义下，刀的概念会扩大。

“借刀杀人”，其中肯定隐藏很多阴谋。往往是刀杀了人，很长时间不知“借刀”者是谁。

再看一段轶事。

窃国大盗袁世凯曾任山东巡抚，这期间他有姬妾五人。其中第五妾是他在天津小站（举世闻名的天津小站稻即出自此地）练兵时，候补同知段芝贵出于向上谋职的目的所献，名叫红红。

袁得红红，十分宠爱，藏娇金屋。

但此女水性杨花，不久，竟与袁的甲、乙两个得力男仆勾搭成奸。一女二男，毫无妒意；袁早起晚归，一段时间相安无事。

然而世上哪有不透风的墙，袁虽听说，却故装不知。

一天中午，袁突然回屋，目睹红红和甲仆并坐卧榻上喁喁私语。见袁来，甲仆惊惶逃走，被袁捉获，囚于密室。红红吓得长跪地上，哭求饶恕。

袁故作缓和姿态，安慰说：“我已经快四十岁，眼看老了。你正在青春妙龄，这事怪不得你。看你的意思，好像除了他，你不再喜欢别人。如果是那样，我一定想法满足你的愿望！”

红红怀疑袁在揶揄她，表示一定与甲仆一刀两断。

袁突然拔出刀来，骂道："你这是故作假惺惺之态。如果你真心喜欢他，就如实告诉我，我可以成全你们。不然，我就杀了你！"

红红吓得嗫嚅答道："如果那样，当然求之不得！"

袁故作踌躇之状说："我这里留不住你俩。只有让他携你潜逃，也给我稍稍留点颜面。"

红红还表示离不开袁。但袁说她若不答应，就杀了她。

红红只好答应。

袁走后，红红赶快通告甲仆，两人收拾衣物逃走。

两人逃出之前，袁密召心腹女仆，令她如此如此。

女仆找到乙仆，对他说："红红对你厌恶极了，正准备和甲远匿他乡，你还蒙在鼓里？"

乙仆大怒，要去找她质问。

女仆制止乙仆："你这样一吵，事儿传出去，被主人知道，谁也别想活了！"

乙不甘罢休，向女仆求计。

女仆按袁的授意，对乙说："你何不在他俩逃跑的路上杀了他俩。回来报告主人，不仅能得厚赏，还能掩盖你和红红私通的痕迹。"

第二天，乙依计杀掉二人，割下两人首级，归报袁请功，称甲仆拐逃红红，被他双双杀死。

袁闻报，故作惊骇之状：“红红昨天向我请假前往泰山进香，我命甲仆陪同前往。你竟敢败坏她名誉，又断送两条生命。杀人者死，律有明条，我也没办法为你开脱了。”

袁不容乙置辩，立命卫士将其杀死于阶下。

看袁世凯这借刀杀人计用的，一计杀三人，滴水不漏，可谓“神不知，鬼不觉”。但袁某之心，是不是忒狡猾狠毒了些？

刀，当它用于正当途径时可以为人类造福；当它被阴谋家利用杀向无辜之人时也会为害人类。

# 18

# 说『果』

"果"的基本意思是,在某种变化过程后得到的有实际内容的结局。

比如小麦从播种到收获，经过几个月，浇水(当然有完全靠雨水生长不用浇水的)、施肥、锄草，最后收获了丰收的果实(当然自然灾害的意外损害不包括在内)麦穗。

更明显的是苹果，这个词里就有个"果"字。不过苹果的生长、收获过程更复杂、更长一些。

其他水果无不如此。

总之，在某变化过程后，得到增加了实际内容(比播种量成几十倍增加的小麦、一棵树数十斤的苹果等)的结局都是"果"。

"果"这个字,有好几个义项。拙文挑选其中"结局('果'

的一种类型)”一项来“闲话”几句。

“结局”涉及的事物范围挺广。

一、成果：指工作或事业的收获(水果、粮食的收获当然也是成果)。

例：今年第一季度，我们的工作取得了优异的成果。

二、结果：事物在一定发展阶段后所达到的状态。

例：乒乓球决定胜负的一分赛出来之前(足球比赛终场哨吹响之前、篮球比赛终场时间之前等)，谁也不知道结果如何。

三、硕果：这是“结果”的“饱满级”，是丰盛的结果。

例：袁隆平的海水稻种植研究，取得了骄人的硕果。

四、如果：这是一种假设的意思。说话的当时状况下，设想事物发展的另一种结局。

例：如果那些科学家不发明原子弹，今天世界性热核战争的威胁就没有了。

五、后果：一般是指坏结果。

例：不加节制的军备竞赛，将会导致无法遏制的后果。

“后果”进一步加剧，就是“恶果”。

第五例这句话，可以更深刻地表述为：不加节制的军备竞赛，将会导致无法遏制的恶果。

世界、社会、人类的历史，从抽象层面看过去，不外是各种“果”—— 结果、后果、恶果 —— 的综合体。

历史没有“如果”。

从大的方面看，人、社会、世界（主要指地球。至于宇宙，存疑）最后都不外是各种结果的总和。

当前世界各种机遇、各种危机都存在着。世界大战，特别是核战的危险一直存在。

被称为“原子弹之父”的是美国人奥本海默。他在爱因斯坦理论基础上把原子弹研制了出来。

那么，如果，奥本海默没有发明原子弹（恐怕还有别人不久后也会发明出来），就不会有核战危险了吗？

可惜，这个“如果”的结局，不存在。

世界上，从来没有“如果”。

另外，有些成果，今天看，是好的结果，可以说是成果；到了明天，可能会发展成坏结果、后果、恶果。

我们来看一下下面这几个例子。

一、塑料。刚发明这种物品时，由于它的诸多优点，世界一片欢呼：人类进入塑料时代，很多以前不能办的事情，都在使用塑料后成为可能。

然而，现在，塑料物品泛滥世界，成为难以灭除的祸害，江河湖海都被污染，水中的鱼类被塑料微粒污染，导致人类食物链出现危机，人类本身也受到塑料侵害。

二、防腐剂，用于食品防腐。现在看来，用了它以后，食品不腐，使用超标则令食用者受苦。

三、抗生素，当时一样样研究出来，都属于患者的福音，不断医治好了很多病人。现在不行了，由于它们的副作用，很多抗生素不能再用了。

……

因为人们在利用这些“成果”时不尊重科学规律，或使用的方式方法不对头，造成不良的“结果”，甚至演变成“后果”“恶果”。

科研成果往往是双刃剑，用好了，造福人类；用不好，危害人类；严重者，危害地球，成为恶果。

比如原子弹，把核裂变产生的巨大热能用“歪”了。一旦果真爆发热核战争 …… 世界将会如何？不堪设想。

然后，闲话一下科技在人工智能领域发展的结果（是不是恶果，现在真不好说）。

人工智能早已应用于我们生活的各方面，而且展示出极大的优越性。很多苦、累、脏的工作用机器人承担后，极大地缓解了人工劳动的重负。

但是，科技的进步不会终止。现在，很多并不苦、累、脏的工作岗位也由机器人上岗了。

如收款、验票、饭店点餐、银行柜员 …… 智能机器人已经陆续在这些位置部分地取代了原先的人工服务。

这样,被取代的人,工作没了。

有人说,不必担心,他们会有新的工作岗位。

一旦大批量机器人走进社会生活,会是何种局面?

还能有那么多新岗位等着陆续被顶替下来的人们吗?

其实,更严重的问题在于,新一代智能机器人的大量出现,必然会打乱现有社会生活秩序。

这有如人体受伤。手上割一个小口子,流一点血,抵抗力强的人,甚至不用抹药水,一两天后自然就好了。

但是口子大了呢?一寸长、一厘米深的伤口,用不用医务人员处理?伤口再大些呢?要是受的伤不止一处,手上、脚上、脸上、胳膊上、腿上,都有十几厘米长又很深的口子,怎么办?

受了烧(烫)伤,起了一个不大的燎泡,一般不大用管,慢慢会好。但是若面积大了,百分之五十以上,烫伤的深度也大了,三度烫伤,怎么办?

有些问题,处于萌芽状态时,构不成危害。一点火药,火柴头大小,只要不炸到眼睛里,危害就不会太大。稍大些的爆竹,炸得人仰马翻的情况多的是。一颗手榴弹,炸死几个人很简单,一发炮弹,威力更是大得多。一颗原子弹爆炸,一座城市夷为平地……

机器人（人工智能），亦如此。

机器人对社会的侵入，有如人体受伤，开始的小量侵入对社会造不成多大危害；一旦数量增加，出现量变到质变的状况，成批远超人类智能的机器人出现，社会整体性质或许就变了。

有人说，未来高智能机器人出现，有可能取代人类的社会地位。这种机器人，不仅具备现代人的所有本领和智商，而且水平更高（高多少？难以界定），人类在它们面前完全成了小孩子（在它们看来，人类也许成了“傻子”）。总之，那时，机器人要想灭掉一个人，是唾手可得的简单事情。有人说，这样的机器人，你用枪也打不中它。它不仅速度快，子弹追不上，行进路线也复杂多变，人类在它面前，完全无能为力。

未来的高智能机器人，是比原子武器更具危险性的科学成果。

科学是人类认识世界、改造世界、创造新生活的重要手段。每一项新的科学成果，都要在历史长河中经受检验。

人工智能的发展速度很快，人类还来得及对它们进行检验吗？

由此看来，科学研究，必须慎之又慎；否则，一旦某项技术发展到人类无法控制的地步，一切都晚了。

前些天看到一本同学纪念册，其中一同学寄语写道：

“人生没有如果，只有结果和后果。”

这话说得多精辟！

我们每个人都要通过努力，争取自己人生的理想结果，避免不好的后果（甚至恶果）；人类社会亦如此。任何人都不能寄奢望于不存在的“如果”，从而导致“恶果”。

# 19

# 说『线』

“线”，一般是又细又长的物体，比如毛线、纱线、缝纫机线，等等。

有一些物理现象、几何图像等也会涉及“线”。

比如，很黑的屋里，一个小孔透过来的太阳光，称为光线。

学几何，会先学习直线、射线等概念，然后研究几何问题。

还有运输线，可包括铁路线、公路线等。虽然当我们个人行走其上时，这些“线”庞大得不得了，但是在国土范围内，它们只能称为“线”。它们动辄绵延几千千米，长宽比比毛线的长宽比小多了。

还有细长的东西，像线香、电线等。

线香，主要用于烧香拜佛之时。有人经常接触，有人很少接触。

电线，咱们都熟悉，当代社会处处不能缺。

“线”的概念也包括本义和引申义两大范畴。

本义，如前面说的线香就是一种。还有毛线、电线等都可以归为本义。

引申义，如线索、眼线、国境线、风景线、底线等。

线索，比喻事物发展的脉络或探求问题的途径。

我们当学生时都有这种体会：解一道数学难题，百思不得其解，猛然想到一个线索，问题会迎刃而解。

公安系统破案时，非常重视各种线索。关键线索对破案的作用太大了。

眼线，现在经常使用的有两种概念。

一是说化妆时在上下眼皮边画的细细的黑线（这个概念，似乎应该算本义）；另一种是指暗中侦查情况，必要时担任向导的人。在公安（侦探）侦破悬案时，“眼线”的作用特别大。

国境线，国家行使主权的领土范围产生的，与相邻国家领土之间的分界。

广西与越南接壤的地方，有一座“中国”界碑（在两国交界的地方竖立的碑，用作分界的标志）；长白山那里也有一座。但是地上都没有什么“线”。

一国之内两省间，或更小地域间也时有界碑，表示“省界线”，不絮。

风景线，供游览的风景优美的狭长地带。

比如青岛前海栈桥一带无疑是世界著名的风景线。

有时用来比喻值得关注的社会现象、景观、景象。

例如：风靡成都的冷锅鱼采用天然材料，经独特配方精心烹制而成，爽口爽心、清香细嫩、回味无穷，为新川菜文化打造出一道靓丽的“风景线”。

还有，底线，即做人应当遵循的最基本原则。

每个人守住自己做人的底线非常重要。

不论何时，守不住做人底线都会导致终生后悔。

守住底线就像守住一道坎儿。守住底线，就是确保自己的言行没有逾越道德和法律的范围。

人的一生有很多时期：童年、少年、青年、中年、老年，等等。

每人回顾一下各自历史，有谁在自己哪个人生阶段没有守住自己的人生底线吗？

一直坚守的自己人生底线的人，肯定人生无悔。

《我们这一辈》这首歌唱得好：“我们这一辈 …… 人生无悔！”

某人人生旅途的某时期没坚守住人格底线，那么，他对那个时期的所作所为肯定会后悔。

青春时代失守了做人底线的人，当然“青春有悔”。

反之，必定“青春无悔”！

作为常识来说：

线，是人们生活中时时离不开的物品和现象。

底线，更是每个人一生必须随时把握好的做人原则。失去底线，人将不人。

切切！

# 20

# 说『食』

俗语说,“民以食为天”。

可见,“食”,对我们每一个人都非常重要。

“食”,也就是可以吃的东西。在现代汉语双音化倾向下,“食”,一般用于“食物”“食品”“食料”“食材”等词语。

“食”的组词,还有“食客”一说。

《战国策·齐策》有《冯谖客孟尝君》一文。“战国四君子”之一的孟尝君的食客中有一位叫冯谖的。这食客有些行为很过分,但关键时刻是他替孟尝君做了些有用的事儿。“孟尝君为相数十年,无纤介之祸者,冯谖之计也。”

这样的食客,现在是见不到了。

“食”的又一个用法是“饲喂”的意思。韩愈《马说》有一段话:

马之千里者，一食或尽粟一石。食马者，不知其能千里而食也。是马也，虽有千里之能，食不饱，力不足，才美不外见，且欲与常马等不可得，安求其能千里也？

这段话，一共出现了四个“食”字。

第一、第四个“食”字，读 shí；第二、第三个“食”字读 sì。

读 shí 的第一个“食”，意思是说马的饭量大，一顿大概要吃一石粟米；第二个意思是吃，“食不饱”，就是吃不饱。

读 sì 音时，也有两种意思。

“食马者”，翻译为现代汉语，是喂马的人，也就是饲养员。这里的“食”字，是饲养（千里马的这个人）的意思。

“不知其能千里而食也”是说这位饲养员不知道它能跑千里而（按千里马的饭量）去喂它（粟米、草料）。这个“食”，是动词“喂”的意思。

古代汉语，一篇文章中一个字经常有好几种用法，挺难学。所以很长时间以来，不少中小学生“望古汉语生畏”。特别是汉字简化后，对好多人来说，古籍更不容易看懂了。当代年轻人与古文化间的鸿沟越来越深，使中华文化的传承面临严重挑战。为了扭转这种状况，现在，有些人又开始倡导繁体字的学习。

笔者以为，繁体字的概念是有问题的。汉字简化以前，汉字哪有什么繁简之分？因为实行了汉字简化，于是那些被简化的原字成了繁体字。

繁简汉字在很多场合混用，导致了不少法律问题。笔者亲身有所遭遇。这话题有点大而复杂，日后有机会再说，此从简。

关于“食”，“食物”“食品”“食料”“食材”等大多是说我们人类的事儿，是人类为生存从自然界获取得来的。

但是，世界比较大，有些时候情况会倒过来，自然界除人之外的其他生物也有“食”的需求，其中猛兽“食”人的例子不用一一列举，古来有之，往往令人谈“兽”色变。

有时，不是猛兽的动物，“食”起人来更可怕！

以前，某旅行团到泰国游玩，参观一池塘景点，四周围有栏杆。导游和景点的警示牌上都提醒：危险，不能翻越栏杆！

但游客中一位三十多岁男性不听（包括他妻子在内的）好多人劝阻，翻过栏杆去拍照，不小心掉入池塘，立刻不见踪迹！

导游大惊失色，赶紧招呼人打捞。

园内工作人员好几个人，忙活十几二十来分钟，捞上来时，只剩了一副骨架！

池塘里养着“食人鱼”！提醒游客不要翻越栏杆，就是说，万一不小心掉入池塘，后果难以想象。

刚刚还是自信心满满的男青年，这样不小心掉进池塘，二十来分钟，血肉全无，与爱妻阴阳两隔。

多么令人悲伤！

不是猛兽的动物，“食”起人来比猛兽还快！

非洲有食人蚁，一般生长在南非的热带雨林。非洲的食人蚁凶猛无比，所向披靡，纵然是狮狼虎豹，都无力与之抗争。食人蚁的食性极杂，从地面上的各种动植物到枯枝腐肉几乎无所不吃。

在北非尼罗河流域，生活着一种长近 1 厘米的黑蚂蚁，别看它们貌不惊人，却有着一副大胃口，无论多大个的人或兽类，只要满足它们宜于攻击的条件，都在它们的猎取范围之内。

当一个黑蚁群发现了一头野牛或其他动物的尸体，就会从四面八方拥上来。几十分钟后蚁群散去，人们能见到的，就只剩一具白惨惨的骨骸了。

这情景和人不小心落入“食人鱼”池塘何其相似乃尔。

不是猛兽的动物“食”起人来，更凶猛！

人们很长时间以来感觉自己是自然界的统治者，居于地球生物链的顶端，可以为所欲为，其他生物可尽为人类采为食材煎炒烹炸后食用。

“食人鱼”和“食人蚁”的故事告诉我们，上面的那些关于人类可以主宰地球的认识有些不对了。

现在，我们对这种认识应该有更深层的思考。比鱼和蚁更小的物件，食起人来，更阴险，更狡诈，更可怕。

“食马者”“食马”大致有三个步骤：准备食材，如草料、精饲料等；加工，草料长的要铡短，精饲料一般要煮一煮；最后，将准备好的“马食品”分批次倾入马槽供马们食用。

是为“食马”三部曲。

马的食品一般比较简单，它们进入人类生活圈子数千年来，基本没什么变化和发展。

人类用餐的程序和喂马基本相同：准备食料，煎炒烹炸煮蒸馏，上桌享用。

人比马高级多了。在“食”上，虽然进餐过程也是三部曲，但每一步的过程和内容烦琐多了。

“煎炒烹炸煮蒸馏，上桌享用”这最后两步我们先不说。要说烹饪的手段，那可是世界各地万花纷呈，谁也说不完整、说不清楚的。仅“菜系”包括厨艺恐怕有上万种。法式大菜多少种？意大利大菜多少种？德意志、英格兰、美利坚、墨西哥……各有多少种？单论我中华“菜系”和厨艺就得几本专著才能说清楚。

上桌享用也是各有高招，杯盏盘碟刀叉勺盆齐上阵，酒水、酱汁、调料……同伺候。真是难以尽数，令人眼花缭乱。餐桌上这些规模、程序，同样任谁也讲不完全，咱们不说也罢。

要简单认识一下人类“食”貌的奥妙，只看看用餐程序的第一步就可以了。

马们的不用说了，就那点东西，数千年没多大变化。

人类不简单。食材取自地球万类生物。真是天上飞的、地上跑的、水里游的、洞里藏的……只要有一丝“食”的可能，都可以摆上餐桌品尝一番。

普通人，平常吃饭很简单，就是说，对“食”的要求不高。作为日常三餐的食材，能吃得饱、保证营养就可以了。比如，主食一般就是大米、面粉、玉米（面）等；副食有牛羊猪、鸡鸭鹅、虾蟹螺、豆类；蔬菜有大白菜、萝卜、芹菜、西红柿……

无法列举完整，好在每个人都心知肚明。

中华大地文明史五千年，就这些主副食品，养育了多少亿人口，生存繁衍至今，今天国土范围内已经拥有14亿多人口。

极普通的食物养活普通人绝对没有问题。

然而，有些非普通人不满足于整天吃普通食品，热衷于搜寻各种“野味”。这些人，地上跑的，除了四条腿的桌子不吃，其余通杀；天上飞的，除了飞机不吃，其余通杀；海里游的，除了潜水艇……其余通杀；洞里藏的，除了石笋……其余通杀！

啊呀，这话说得，好像有点儿过。但是不是说出了饕餮之徒们的吃食范围之广，有一点缺乏人性底线？我看有一定道理。

以前听说有吃穿山甲的。我很奇怪，那走兽，厚厚的皮，吃它什么？后来又听说有吃果子狸的，我更奇怪，那东西，骚哄哄的，有什么吃头？

还有吃蝙蝠的。

蝙蝠那物件，说鸟不是鸟，说鼠不是鼠。藏于洞中，昼伏夜出，行踪诡秘，踪迹难寻，面带恶相，令人视而生畏。怎么下得手去捕捉？怎么下得手去清洗？怎么下得锅里烹调？

想一想那些过程，已经令人不寒而栗，恶心欲吐。

“民以食为天”。

然而，食入歪道，必遭天谴，因为破坏了自然法则。人类应当敬畏地球的自然法则：生态平衡，和谐共生。破坏了这一基本法则，迟早要受天谴。所谓“因果报应”从这个意义上看，是完全正确的。

绝少数人再不接受教训幡然改悔，将来还会有更难预料的麻烦。

# 21

## 闲话『病来如山倒』

日前，一位朋友病了，我们去医院看望他。出来路上，大家议论纷纷：“他身体不是挺好的吗，怎么一下子住了院？”

“嗨，没听说吗，‘病来如山倒’！”

大家七嘴八舌议论道。

回家后，我一直在思考“病来如山倒”这个问题。

“病来如山倒”，一般是指那些突发的、后果严重的、难以根治的疾病。不过，与此语相关联的还有一句“病走如抽丝”。

“病来如山倒”，其实是一种反映不出疾病本质的表面现象。

可冠以“病来如山倒”的，以心脑血管病多见。

细想起来，患者突发心脑血管病前，都有很长一段时间的患病历史，所以，大家都把这些病称为慢性病。慢性病一旦发作,后果则非常严重,“病来如山倒”。

对这些病的治疗，人们常说“病走如抽丝”，是说治疗这些病的困难。但如果以发病的瞬间为界，向病史的两端审视,就会清楚地看到,病的产生和病的治疗、治愈,都是很漫长的过程,并不是发病前这边“如山倒”,发病后那边痊愈“如抽丝”。

我们的身体,有很重要的一些生理指标在随时告诉我们自己的身体处于何种状态中。

血压120/80,心跳70次/分钟左右,血糖空腹值6.1以下等,都算得上是健康水平。对于儿童或青少年来说，这些指标根本不是问题。老年人原先在青少年时代,达到这些指标也应没什么问题。

为什么到了老年,这些指标有问题了呢?

这情况反映出,一个人,生理指标从正常到不正常,有一个渐进的、缓慢的变化过程。

从少年到青年到中年到老年，几十年啊！血液中不应当存在的东西日积月累，在血管儿上越来越多地黏附着，血液流动越来越慢,心脏的跳动越来越吃力。但我们在这些年月中,很难对这个变化即时有明显感觉。有朝一日,血管儿、心脏承受不住那些额外的阻力，一旦发病，其突然性怎能不令所有人吃惊。

所以，对于老年人的常见病、多发病，最重要的事情，在于预防。要在各类疾病还没有突破我们身体严密防线之前，采取积极有效措施，阻挡一切有害因素于身体之外。

其实，以上絮语大家差不多也知道，但为什么总有人还会“病来如山倒”呢？

关键在于有的人对各种预防措施，要么怀疑其有效性，要么存在“生死有命”的误识，要么虽然偶尔用预防措施（比如锻炼）调理一下身体，但却坚持不住……总之，尽管几乎所有的人都知道预防是杜绝各种疾病突发的最好举措，生病的人却不断增加。

所以，为了保持自己健康的身体，需要认真注意几点，具体如下。

首先，要真正认识到科学锻炼身体对预防各种慢性病一定是有效的。

生命在于运动。人类进化经历几十万年。产生社会（一万来年？）前的几十万年，人们为生活，每天都要进行大量的运动，否则难以果腹（即使如此，很多时间内，也会经常饿肚子）。这漫长岁月的进化，使人类的肌体适应于每天都要有一定时间和强度的运动。

后来，进入现代社会，社会分工越来越明显，生产力越来越提高，人们的运动越来越少，摄取的营养物质在血液中越积越多，这些原本算是营养物质的成分，在血液中积存过多，在血管壁上黏附过多，我们的血液没有分解过剩营养物的机能，“营养”变成了“病因”。不少人，在步入老年期的若干年后，“病来如山倒”了。

更有甚者，这种“病来如山倒”的情况，越来越年轻化！

所以，一定要运动！要自己把病魔挡在体外！

其次，要注意运动的合理性与科学性。

要合理、科学地运动。每人有每人的具体情况，需要自己掌握，但应达到一定的量和强度。

另外，控制饮食也极为重要。

常言道“病从口入”。关于这一点，以往认为，如果饮食不卫生，那么会导致拉肚子、消化系统其他病症等。其实，如果管不住嘴，每天、每顿都吃得过多，慢性病也就吃出来了。要想有个好身体，自己的嘴边一定要设“岗”！

近来科学研究表明，经常地饿一饿自己，很有好处。但如何饿，饿多久，需要仔细研究，不可粗心对待。

最后，要有坚持下去的毅力。

这一点很重要。慢性病，关键在一个“慢”字。我们对付它，也不能心急，必须横下心来与它打持久战。

要克服懒惰思想：

冬天，太冷，等暖和些再说吧；

春天，舒畅的清晨，正是睡觉的好时候，夏天再说吧；

夏天，太热了，秋天再说……

明日复明日，明日何其多！这样拖下去，哪里还有时间锻炼？

其实，惰性，人人都有，要想有一副好身体，就让我们立刻紧紧地抓住每天宝贵光阴科学健身吧！

刘三姐在她美妙的歌中唱道：“我家没有好茶饭，只有山歌敬亲人。”

笔者仿此句歌意唱给大家：“我家没有好茶饭，只有健康祝愿敬亲人！”

祝朋友们管住嘴，勤动腿，人人一副好身体，长命百岁。

# 22

## 闲话『球温升高』

“球温升高”？

什么意思？

就是地球温度反常升高。

近年来，全球气温殊高的报道屡屡见诸报端。多地森林大火，大火燃烧产生大量二氧化碳进入大气层，大气二氧化碳浓度增加，灾害天气骤增，热死多人，甚至北极圈内有地方温度有时高达30摄氏度！这，可是人类有史以来从未听说过的。

这让我想到应该闲话“球温升高”几句。

温度再这样继续升高下去，用不了多久，南北两极的冰天雪地将不复存在。那时，将会是如何情况？

回想1958年时，我们已经听到好多科学家讲“地球大气层中过量二氧化碳气体会产生温室效应，促使地球温度升高，产生严重危害”的科学知识。

科学规律，不遵守是不行的。

科学指导物质生产，人离开科学是万万不行的。现在，背离科学规律从而遭受灾难的实例越来越多，越来越清楚。地球温度数十年来不断攀升至今，情况非常严重，就是最直接、最明显的例证。这，还不足够引起每个人重视吗？

温室效应的最直接后果，就是南北两极亿万年的积冰融化，海平面升高；海平面升高的直接后果就是某些国土面积狭小、海拔不够高的国家在不远将来的某年某月某日消失在茫茫大海中。现在，已经有一些国家尝到海水不断上升产生的恶果了。

碳的排放量一天天增加，地球温室效应一天天严重。

我们原先感觉地球很大。现在感觉小多了，都称之为一个村庄，所谓“地球村”是也。既然成了一个村子，那么，这个村子好，大家都好；村子出问题，谁也跑不了。看看现状，地球好多地方，战火仍旧没有停息。二氧化碳排放的呀，没法说。这种情况下，地球温度如何控制？

除此之外，还有很多国家的海岸线会在海平面升高的情况下变化。那里原先的沙滩、海岸平地，甚至多少米高的堤坝都会被海水淹没 …… 又会有多少人流离失所？

这些都是根据科学论断的合理推测。

唉，不能再多想了。不过，对咱们每个人来说，知道一点“球温升高”的危害，不做“助纣为虐”“火上添油”的事儿可是非常重要的。

这些年，自己过了古稀之年，感觉垂垂老矣。年轻时，清明、年节的晚间走在路上，经常看到有人烧纸，祭奠逝去的亲人。

“老年人，他们迷信，烧点纸祭奠逝去的家人很正常。”那时还比较年轻的我想。

如今，清明、年节，那些经常有人“给天堂亲人送钱”的十字路口，火光忽闪忽闪，纸灰纷纷扬扬。然而，做这些事儿的，都是比我年轻得多的人。

以前是老年人守旧，不愿意放弃固有的习惯。现在依然坚持清明节烧纸的年轻人，怎么说？

祭奠活动非常重要，但形式方法有多种多样。为什么旧习惯改不了呢？要这样一代代传到什么时候呢？

地球危在旦夕！这是不是危言耸听？如果大家不引起足够的重视，最危险的时刻真用不了多远就会到来。

我们要严格律己，不放鞭炮，不乱烧纸，不露天烧烤，不做额外增加碳排放量的事。至于少开私家车，尽量步行上班等，这些涉及更大范围的重大决策如何尽快落实，就不是咱们普通人能够多说什么或帮上多少忙的了。

对地球重大问题有决策权的机构和人们，应该采取必要的措施从根本上控制地球温度升高。

祝愿我们的地球村健康长寿，地球村民幸福安康！

# 23

# 闲话『花样滑冰』

花样滑冰：运动员足蹬特制冰鞋在适宜的冰面上进行各种滑行、跳跃、旋转动作以决定参与竞赛诸选手优劣名次的一项竞技体育项目，更是艺术化的体育项目。

啊，当然，其他体育项目达到一定水平后，同样具有优美的艺术性，比如体操，比如跳水，比如撑竿跳高等。

实际上，奔跑的艺术性同样很令人震撼。比如在110米跨栏项目中，刘翔曾带给我们很多美好的艺术享受和快乐。

看似枯燥的长跑，同样具有很强的艺术性。

看着世界顶级的长跑家在万米比赛漫漫长路上的轻松自如，马拉松运动员在42千米超长距离上“轻松”奔跑和最后冲线，无不是非常美好的艺术享受。

艺术体操，更不用说。球操、圈操、带操、棒操，每一项带给观众的美，都令人陶醉。

但是没有任何一项运动能够如花样滑冰这样，从头到尾给观众带来难以言表的冲击性的美的享受。

以前我国花样滑冰水平不高，女单有一位陈露获得过1995年世界花滑锦标赛女子单人滑冠军。很了不起。

后来，申雪、赵宏博（当然二人刚开始双人花滑都是很年轻的选手，后来慢慢建立了感情）获得2010年加拿大冬奥会双人滑冠军等。

庞清、佟健，2006年世界花样滑冰锦标赛双人滑冠军；张丹、张昊也多次获得双人滑各种国际奖项和国内冠军。

近年来，我国优秀选手在世界最高级别比赛中出镜次数明显降低了。

2019年3月21日，隋文静、韩聪在日本埼玉举行的花样滑冰世界锦标赛中，以完美无缺的艺术表现获得无可争议的第一名，再次为我们赢得了声誉。

这次比赛，隋文静、韩聪以234.84分强势问鼎，摘得职业生涯第二枚世锦赛金牌！

俄罗斯评委说：太完美了，平生未见，（他们）代表了世界最高水平。

这评价无疑也是空前的。

真是不容易啊！

花样滑冰太难了！

花样滑冰是世界上集力量、速度与技巧为一体的最具观赏性的竞技体育项目。这项体育竞赛当中，人的技术永远在进步，但花滑中的技术必须配合艺术表现力，才能带给观众彻彻底底的美的享受。而运动员的日常训练，更是充满了艰辛、枯燥、危险。非具有非同常人的毅力和天分，无法驾驭此项运动的高难技巧。

金牌来之不易，运动员的伤病苦痛却少有人知。

来日本参加世锦赛前，一心着急训练、备战出好状态的隋文静就在训练中因为做捻转动作腰部摔伤。2018 年冬奥会前，隋文静意外受伤，她的右脚被诊断出患有疲劳性骨膜炎（这伤病，经常在体育场上蹦跳、奔跑锻炼的人都有体会。不小心把脚后跟垫、磕受伤，数月甚至整年脚后跟不敢着地，遑谈大强度体育锻炼）。赛后隋文静更被检查出疲劳性骨折。由于隋文静的伤势有三到六个月的反复期，冬奥会结束后，两人就一直处于养伤状态，恢复训练也只能做滑行和托举等功能性训练，以提升身体技能。但在一次托举训练中，隋文静脸朝下摔倒，再次受伤。

就是在这样各种意外情况的干扰下，两人还是顽强地滑出了世界第一的超高水平。

没有无比顽强的拼搏精神不可能做到这一点。

人生,无疑需要这样的拼搏精神。

花滑,是人生命旅途中一个段落;人生,又如同某种意义上的花滑轨迹。

只有敢于面对艰难挫折、勇于奋斗拼搏、顽强不屈的人,才能滑出自己无限优美的人生轨迹。

这样的人,这样的精神,值得我们敬仰、学习!

# 24

## 闲话『生死有命』

"生死有命"？这个题目看上去好像有点大。

说它大，因为它涉及的问题与"三观"（人生观、世界观、价值观）有关。

现在聊天谈"三观"，很容易被看作"脑子进水"。

人家都在谈怎样挣大钱，你跑这儿来说什么"三观"！

可是，现实中，任何人每时每刻都离不开"三观"。

人生观决定了你的世界观；世界观进一步肯定了你的人生观；世界观和人生观同时决定了你的价值观（对金钱的看法）。

现在，人们经常谈论的"红包""补课费""霸座""潜规则"等，无不因有些人"三观"出了问题所致。

咱们这里是闲话，所以，随便说说"三观"，同时谈点儿对

“生死有命”这个问题的粗浅认识，话题也就不太大，不至于让人觉得“脑子进水”。

“生死有命”这个话题与哲学关系很大。

一位大学教授解释哲学这门科学的内涵说：哲学是指导人们生活的艺术和智慧，是对于人生道路的系统的反思，是美好的、有意义的生活的向导，是我们正不断地行进于其上的生活道路，是爱智慧以及对智慧的不懈追求，是力求提升人生境界的境界之学。

看看关于哲学内涵的这一连串定义，哲学真是我们生活中不可须臾或缺的重要知识。“三观”无疑是哲学研究的重要内容。

“生死有命”也是哲学问题，与“三观”关系密切。我国古代对“死生有命”问题有比较深入的研究。“生死有命”和“死生有命”，当然是一回事儿。“死生有命”这话出自《论语·颜渊》。春秋战国时期，子夏（姓卜名商，春秋时晋国人，孔子的学生）与司马牛有一段对话：

> 司马牛忧曰：“人皆有兄弟，我独亡。”
>
> 子夏曰：“商闻之矣：死生有命，富贵在天。君子敬而无失，与人恭而有礼，四海之内，皆兄弟也。君子何患乎无兄弟也？”

司马牛忧愁地说："别人都有兄弟，唯独我没有。"子夏说："我听说过：'死生有命，富贵在天。'君子只要对待所做的事情严肃认真，不出差错，对人恭敬而合乎于礼的规定，那么，天下人就都是自己的兄弟了。君子何愁没有兄弟呢？"

子夏的观点是倡导一种积极的生活态度：君子要对所做的事情严肃认真，不出差错，对人恭敬而合乎于礼的规定，就不会没有兄弟。

这论断，实际上已经否定了"死生有命"的观点：用积极的生活态度对待生活，命运就会得到改变。关于"富贵在天"，子夏未提。这里有行文简洁的需求。既然前面解决了"死生有命"的疑问，则"富贵在天"的观点不驳自破。

世界上没有命运，也不存在支配命运的神灵。困难、挫折、命途多舛、百事不顺……是大多数人会遇到的问题。

办事总顺利、不时发点儿财、中大奖、找到好工作……却不是人人可以得到的机会（机遇）。

但为什么有些人看上去总是很顺利，有些人却总是不顺当？若不是命运在主宰，怎么解释？

概率。这是概率的作用。

世界上，各种机会（机遇），好的、坏的、一般的，总要由人群中所有人分别承担下来。

人生苦短，每个人一生拥有的时间都很短暂，想把有限的生命延长一点，基本不可能。能不能在短暂的生命时间里作出一些成绩，就看能不能让自己的时间增加活力，增加自己生命的活力，用同样的时间，做出比别人更多一点的成绩。

要做到这一点很容易（也很不容易），少玩点手机，少打几把牌，让悠闲的生活紧凑一些，做一点有意义、有价值的事情即可（身边那么多诱惑，要克制住欲念很不容易）。

有财富的人追求优裕的生活，有智慧的人追求优质的生活。

有智慧的人对优裕和优质的区别都很明白。“挫折经历得太少，所以会把琐琐碎碎的事儿看得太重。”

一个人经历了足够的挫折，还有什么琐碎的事值得看重？

但丁说：走自己的路，让别人说去吧！

这话有两面性。对行为正当的人来说，走自己的路，肯定对社会有益；而行使危害社会行为的人如果一直这样做，对社会危害更大。

就看自己是哪种人了。所以，世界观、人生观在人一生中的作用至为重要。死生不由命，富贵不在天。

所以，“命运”这东西，其实根本不存在。生死不由命，富贵不在天。信哉？

# 后记

随笔集《闲来与君话缤纷》编印完成了。值此等待发行之际，首先要感谢朱柏先生为之辛勤操劳，感谢三辰影库音像电子出版社同仁们的共同努力！还要感谢赵联全战友，为后期编辑提供诸多方便。

集子中诸篇拙文水平了了，但书本印刷装帧可称一流。这，不仅遮丑，也给文集增加不少精彩。

有如一幅平庸书法作品，虽然笔法拙稚、布局平淡，但装裱精美、外框华丽，当然遮丑、增色不少。

社会生活是每个人一生大学堂。徜徉于社会学堂知识海洋，谁不遍尝酸甜苦辣。对此，每个人都有切身体会。笔者每与友交谈，彼我辄慨叹：“社会学，一辈子毕不了业。”在这个意义上，每个人都是活到老学到老。

生活百态，每每给我们各种教训。笔者对生活现象说一阵闲话，几篇拙文结为此集。这些对生活粗浅认识的归纳，对自己活到老学到老会有所帮助。

生活不会停止。身边大小事物都在不停发展变化。我们应该深悟万变生活真谛，尽量少走弯路、避免伤害，让生活更美好。

2021 年 2 月 28 日